將軍與蓬萊米

陳長慶小說集

陳長慶／著

無悔的抉擇

——寫在《將軍與蓬萊米》出版之前

今年八月下旬，《中國時報》資深記者李金生先生，由《青年日報》記者楊威廉先生陪同蒞臨新市里，針對「金門特約茶室」議題專訪於我。訪問稿並分別於九月九日及十七日，在《中國時報．都會新聞版》以全版之篇幅刊出。坦白說，這段「過去」的歷史能蒙受《中時》的青睞，並由資深記者李金生先生執筆作深度報導，復又在全國性的版面刊出，他們對這段歷史的重視可見一斑。身為當年業務承辦人，以及《金門特約茶室》乙書的作者，的確與有榮焉。然而，當我看到〈為了蓬萊米少將惡整少校〉這個斗大而聳動的標題時，將軍那副色迷迷的嘴臉，隨即浮現在我腦海裡，讓我原本平靜的心湖，猶如波濤洶湧的大海，內心的激昂不言可喻。這段報導除了根據我的口述外，亦參考拙著《金門特約茶室》書中的附錄——〈沉迷侍應生美色的某將軍〉，也就是〈將軍與蓬萊米〉的濃縮版書寫而成。

不可否認地，〈將軍與蓬萊米〉是我一篇極其重要的短篇小說，但在結集成書時並沒有把它歸類好，以致不能凸顯這篇作品的時空背景與既有價值。即使多年後的此時，每當想起這件事，仍然讓我感到懊悔，甚至經常地思索要如何來彌補這樁憾事。於是經過再三地考慮和斟酌，我決定以它為書名，把爾時將軍醜陋的面目與德性，原原本本地呈現在鄉親與讀者們的面前，讓他們重新看看軍管時期，某些高官不欲人知的醜行醜態。並同時把之前兩篇以特約茶室為背景的作品〈再見海南島　海南島再見〉與〈老毛〉，另加上一篇以白色恐怖為題材的近作〈人民公共客車〉，讓它們聚集在一起，成為一本單獨的小說集。縱令它們發表的時間前後相隔十餘年，但能把它們做一個妥善的歸類，對一位正與時間競走的筆耕者來說，其紀念意義遠勝實質價值。

時光匆匆，在轉瞬的剎那間，無情的光陰已讓我從朝氣蓬勃的青年，變成即將回歸塵土的老年。回顧之前書寫這幾篇小說時，內心的確有太多的感慨。但隨著歲月的更迭、年華的老去，卻也激起我青年時期諸多的回憶，始有〈再見海南島　海南島再見〉這篇小說的誕生。當讀者們讀完這篇小說，勢必能領會到情為何物，以及情的可貴。但情感的衍生確乎相當微妙，非僅要兩情相悅，更要以誠相待，始能持之以恆。這不啻是亙古不變的定律，也與地域、年齡或職業沒有絕對的關聯。故此，當這篇小說在《金門日報．浯江副刊》刊載時，曾獲得許多意想不到的回響和鼓勵。即便時隔多年，仍舊讓我銘記在心。

眾所皆知，在戒嚴軍管時期，金門長年駐守著數萬大軍，金防部直屬的金城、明德、武揚、經武四大營區，以及太武守備區與擎天峰，更有數十顆明亮耀眼的星星在閃爍，他們美其名叫「將軍」。即便多數是身經百戰、戰功彪炳、學養俱佳的將領，但亦有少數不學無術，僅懂得逢迎拍馬求官之道的軍中敗類。如果沒有親眼目睹他們囂張跋扈的醜態，我們始終認為高官有高人一等的品格和學養。可是當他們醜陋的嘴臉暴露在我們眼前時，卻也讓我們大失所望，原來將軍亦不過爾爾。甚至我筆下那位沉迷侍應生美色的將軍，其品德和操守，簡直比大字不識一個的老粗還不如。

回想當年，政戰部所有官兵幾乎都看好留學德國、學養俱佳的王副主任會晉升少將。可是元旦到台北授階的竟是此君，除了跌破眾人的眼鏡，也讓我們徹底地瞭解到卑劣而令人不敢苟同的官場文化，與此時鬧得沸沸揚揚卻查無「事證」的賣官案又有何差別？但是，吉人自有天相，惡人則會遭受天譴。翌年，王副主任除了晉升少將，並調至國安單位擔任要職，其仕途可謂如日中天；而此君不久即被解甲，其原由並非屆齡退伍，而是與酒和女人脫不了干係。縱使我無意揭露將軍醜陋的面目，亦不該把長官的醜行醜態記錄在文學作品裡。然而，爾時所發生的種種事事則歷歷在目，每逢想起，無不在我心中激盪。那時，一提起將軍的尊姓大名或綽號，幾乎無人不知、沒人不曉。唯一不知其醜行者，或許只有他自己。因為他非僅目中無人，亦從不正眼看人，故而也就疏於照照鏡子，看看自己那副不可一世的德性，以及人人欲誅之的豬哥相！

仔細地想想，將軍所作所為，以及他的品格和修養，確實不值得我們尊敬。可是，軍人素以服從為天職，即便我是聘員，亦不例外。無論將軍的人品有多麼地卑劣，或是動輒要屬下立正站好聽其訓話，個個莫不屈服於他的淫威而忍氣吞聲敢怒不敢言。儘管其惡行惡狀以及令人不齒的豬哥相上級長官已有耳聞，可是他依然我行我素、不思檢討，更不把長官的勸導當一回事。終究，歹路走多總會撞見鬼，當三杯黃湯下肚而忘了自己是誰、再次伸出令人不齒的鹹豬手時，終於踢到鐵板。其惡貫滿盈的下場，教人不勝唏噓。這不僅是他罪有應得，也是咎由自取，拍手稱慶的部屬簡直不可勝數，並非只有我一人。

可憐的將軍，在丟官又遭受解甲後，並沒有再次地蒙受命運之神的眷愛，甚至惡運連連、無日無之。最令他痛心疾首的或許是，之前蓬萊米傳染給他的梅毒，隨著官運的亨通，以及經常有拍馬屁的屬下進貢「狗鞭酒」之類的聖品讓他補身，因此毒素在他體內潛伏多年並沒有發作。而萬萬想不到，在丟官後情緒受到巨大影響的當下，梅素竟死灰復燃，毒素不斷地在他體內蔓延、擴散，甚至一發不可收拾，真是應了俗諺：「惡人自有惡人磨，蜈蚣碰見蚰蜒螺」。於是在病入膏肓的情境下，終於走上黃泉路。任誰也想不到，一個堂堂正正的革命軍人，一個蒙受黨國栽培的將軍，最後並非戰死在沙場，而是因酒和女人而亡。

不可否認地，台灣一些在風塵打滾的性工作者，多數已知道金門特約茶室的營業環境，以及來金謀生的管道。於是她們自願承受心靈與肉體的雙重苦難，冒著砲火的危險來到這座小島討生活。即便金城總室及各分室總共只有一百六十五個房間，但數十年來，在「迎新送舊」的情境下，少說亦有數千位從事性工作的侍應生，曾經來到這座島嶼為三軍將士們服務。首先，她們必須面對那些在這座島嶼等待反攻大陸的北貢兵，除了解決他們的性需求外，亦可減少駐軍與當地婦女衍生的感情糾紛；更可避免軍人因壓抑的性無處發洩、而以暴力強姦在地婦女的失控行為。儘管她們背井離鄉，冒著砲火的危險隻身來到這座小島嶼純然是以賺錢為目的。但若以祥和安定的社會層面而言，她們對這座島嶼的貢獻則不容小覷。至少可減少當地婦女無端地遭受非理性軍人的蹂躪和禍害，這是身為金門人必須體認的事實。

固然，軍人必須有健康的身心、強壯的體魄，才能夠「打倒俄寇，反共產；消滅朱毛，殺漢奸。」彼時早晚點名必唱的：「大哉中華，代出賢能，歷經變亂，均能復興，蔣公中正，今日救星，我們跟他前進！前進，復興！復興！」這首莊嚴神聖的〈領袖歌〉，其嘹喨的歌聲迄今仍然在我們耳際繚繞。可是帶領他們出來的「蔣公中正」已客死異鄉，再也不能成為他們的「今日救星」。在反攻大陸無望時，屆齡又要遭到解甲的命運，因此，多少老兵在夜深人靜時含淚低吟：「海風翻起了白浪，白雲瀰漫著山旁，層雲的後面就是我的家鄉……。」或是「我的家在大陸上，高山高流水長，一年四季不一樣，春日柳條長，夏日荷花香，秋來楓葉紅似火，寒冬飛雪過重陽……。」當他們懷抱的美夢破碎時，又有誰能瞭解到他們內心的苦痛，以及少小離家老大不能回的思鄉情愁？每每看到他們搖頭感嘆惘然無助的神情，以及無語問蒼天的悽愴心境，想不教人悽然淚下也難啊！

自從大陸撤退迄今，多少老兵的屍首深埋在異鄉的土地上，成為無主的孤魂野鬼，這不僅是大時代的悲歌，也是那些有家歸不得的老兵心中永遠不能撫平的傷痛。即使公部門曾結合民間善心人士力量，聘請高僧為他們舉辦水陸法會，但是否真能撫慰他們的亡魂？或是讓他們的魂魄回歸故里？誰也不得而知。試想：他們一生忠黨愛國，隨著國軍部隊南征北討，而後撤退到這座離家最近的小島上，等待反攻大陸的號角響起，好衝鋒陷陣、收復河山回家去。無奈一等數十年不能如願，他們內心的苦痛非三言兩語可道盡，甚至大部分均已隨著年華的的老去而凋零。我們不得不為在這塊土地上殉難的老兵，流下一滴滴悲傷的淚水。

即使〈老毛〉這篇小說並非是全部老兵的寫照，然其有家歸不得的心境則是一致的。或許較幸運的是他退伍後，在偶然的機緣下與侍應生古秋美結成連理，而後定居在這座小島上，過著幸福美滿的生活。不管古秋美之前生下的孩子是那位恩客播下的種子，但老毛始終把他視為已出，孩子長大後亦懂得反哺，也因此而死後他的香煙有人來延續，神主牌有人來奉祀。類此，似乎也是少數在異鄉覓得終身伴侶的老兵，內心最感安慰的地方。但這種例子與撤退來台的數十萬老兵相較，仍然相形見絀。

金門地區自民國四十五年六月起，即實施戰地政務試驗，直到民國八十一年十一月始告終止，前後長達三十六年又五個月之久。其間不少鄉親因不知戒嚴軍管的利害關係而一時失察，或說錯話，或寫錯字，或誤觸法網，竟被金門防衛司令部依「戒嚴時期懲治叛亂條例」移送軍法究辦。讓人不可思議的案例是：某鄉親在候車時因一時無聊，用撿來的粉筆在金城客運公司經營的「公共客車」前端寫上「人民」兩字，成了「人民公共客車」。原本只是基於好玩的心理，但卻被有心人士密報，認為「人民」兩字是共匪的「慣用語」，且明目張膽地在公共場所書寫，有「為匪宣傳」的意圖。於是情治單位拿著雞毛當令箭，不分青紅皂白立即予以逮捕，並由武裝士兵押解到「金防部南門新生隊」偵訊、刑求。復押至警衛營羈押百餘日，過著暗無天日非人道生活，再以「叛亂」罪名移送軍法審判。

雖然軍事檢察官偵訊後，依據「戰時陸海空軍審判簡易規程」及「懲治叛亂條例」以「叛亂罪」把他提起公訴，但世間畢竟還有公理的存在，在軍事法庭審判官明察秋毫的審理下，認為「被告並無為匪工作之事證，與首開法條不合，應予諭知無罪，以昭平允」。然而，縱使還給他清白，但其受創的身心與戕害的人格尊嚴則難以彌補。在戒嚴軍管時期以及戰地政務體制下，類似如此的「政治冤獄」不知凡幾，這非僅是受難者的悲哀，也是島民的不幸。可是時至今日，又有那位在朝為官的浯島俊傑或中央民代，膽敢站出來替他們說幾句公道話，或是替他們爭取一點補償來撫慰他們創傷的心靈？

儘管政府訂定「戒嚴時期人民冤獄賠償法」，可是在爾時那個「想抓就抓」、「想打就打」、「想刑就刑」、「想放就放」的威權時代，單行法剝奪了島民應享的權利，高官的一句話就是命令，誰膽敢不服從？試想，又有什麼文件可留存下來當證物呢？因此在舉證困難的情由下，受難者想依法申請賠償談何容易，說它是緣木求魚一點也不為過。故而，它也是促使我根據那份判決書，書寫〈人民公共客車〉這篇小說來記錄這段歷史的原委。如此，不但能讓後代子孫瞭解到戒嚴軍管時期的恐怖，亦可讓他們感受到三十餘年的戰地政務試驗期間，島民身心所遭遇到的苦楚和災殃。

重新審視這幾篇作品，縱使仍有待加強與改進的空間，可是當初創作時的那份心境，迄今仍然在我心頭蕩漾。因此，我必須保留之前創作時的那份質樸，不想更動文中的任何一個章節或詞句。設若爾時沒有在金防部政戰部承辦過福利業務，沒有接觸到那些為十萬大軍服務的侍應生；沒有到過海南島的天涯海角，沒有親眼目睹將軍醜陋的面目；沒有老毛和古秋美這對露水夫妻，沒有看過中華民國四十五年度潭判字第七〇號那份判決書，豈能憑空想像出這幾篇作品的人物和故事？故而，我認為這幾篇作品必有它的可讀性與時代性。儘管小說可以虛構，但卻不能與時空背景及常情常理相違背，倘能有如此的體認，即便是虛構的故事，讀來也會有一種真實感。現下把它們聚集在一起，成為一本名符其實的小說集，復以全新的面貌來呈現，似乎並無悖謬之處，亦無矇騙讀者的意圖。

整理好這本書，老家楓香林區的楓葉已由翠綠變成紅色。轉眼，又是落葉飄零的時節，亦是自己人生歲月日暮途遠的黯淡時分。然而，無論是人生七十古來稀，或是人生七十才開始，於我都是生命中不可承受之重。即便人生七十近在眼前，但對我而言則備感遙遠，是否能幸運地抵達終點仍是未知數，豈敢輕言人生七十才開始。因此，我必須把握當下的每一個時光，趁著太陽尚未西下時刻，運用上天賦予我的智慧和毅力，在這塊歷經苦難的土地上努力耕耘。不管種下的果樹往後能採擷到多少果實，不管來日是否能感受到收獲時的喜悅，對我來說已毫無意義可言。我依然會堅持當年投身文學的初衷，以一顆誠摯而熾熱的文學心，與這塊歷盡滄桑的土地相偎倚。縱使在文學領域裡，我書寫與傳承的只是個人的心靈特質，以及對島鄉人、事、物的關注。可是我仍然深信，當四十餘年的筆耕生涯劃下句點，當生命遭受歲月的腐蝕而歸零時，我的作品依舊能在這塊生我育我的土地上流傳，故而，我又有何遺憾可言？屆時勢將含笑地走向另一個美麗的新世界，展開我神遊安樂國的另一段旅程……。

原載二〇一二年十月二十五日《金門日報・浯江副刊》

目次

再見海南島　海南島再見

1

一九九五年七月，我隨著旅行團，搭乘中國南方航空公司的班機，由香港飛往海口。

說真的，在有限的人生歲月裡，能踏上這塊夢想中的泥土，它的不凡意義，遠勝觀光旅遊。

對於旅行團在行程上的安排，我並沒有刻意地要求什麼。俗語說：隔行如隔山，尊重專業也是我一生堅守的原則。更何況路途那麼遙遠，必須從金門——台北——香港轉機才能到達海口。

海口市是海南省會，也是「中國」最先擬定開發的經濟特區之一。它的硬體建設、機場港口的擴建，加工出口的設立，觀光事業的拓展，給海南帶來無限的商機和觀光人潮。

飛機很快地降落在海口機場，首先映入眼簾的是五星旗下二個斗大的紅字──海口。內心雖然一陣茫然，隨即也浮起一絲無名的喜悅，我終於踏上這塊夢想中的土地了。

在通關的廊道上，看到的是五星帽徽下的「公安」和「武警」，與台灣的「憲兵」和「警察」雖是二種不同的典型，但卻同是炎黃子孫。一份同胞愛油然而生，難以形容的喜悅在內心不停地激盪著。

「朋友們，久違了，你好。」我很想說。

通過關員的檢查，我們搭乘海南長春旅遊公司的遊覽車，沿著平坦的快速大道馳駛。兩旁高大的椰子樹，搖曳著三十四度的高溫，也證實海南的氣候，是我國四大火爐之一。

遊覽車進入海口市區的海府路，經過「海南省人民政府」，我們在一幢樓高十五層，設計新穎，建築考究的酒店門口下車。

抬頭仰望「海麗酒店」四個金色的大字，在陽光映照下，更是金光閃閃，氣派非凡。

步上酒店的台階，首先看到的是一面銅牌，黑體字清晰地寫著：

本酒店接待外賓、港澳同胞、台胞

我無奈地搖搖頭，服務生為我們啟開那扇明亮的玻璃大門，一股沁涼的氣體，來自中央空調系統，也讓剛從高溫烘烤過來的我們，像似進入了一座舒適的冷宮。

我們坐在軟綿的沙發上，等待領隊分配房間。

對面那張原木大桌上，擺放著一個銅製的三角牌，深刻著「大堂經理」四個字。一個看來清新脫俗的妙齡少女，正聚精會神地翻閱資料。好一位年輕美麗的大堂經理，我情不自禁地多看了她一眼。然而，從她的眉宇、眼神，一個熟悉的影子在我腦裡盤旋著，但卻一直無法找到「她是誰」的答案……。

領隊分配好房間後，興奮地向團友們宣佈：

「各位鄉親！在我從事旅遊行業的這幾年中，第一次帶金門團。金門給人的印象是純樸清新。金門人更是敦厚善良。當酒店的負責人知道諸位是來自金門的貴賓時，指示客房部經理，要妥善照顧，加強服務，住宿費七折九扣優待，並將於晚上七點，在地下二樓的中餐廳，為大家舉行歡迎宴會。」

天色漸漸地暗了，晚上並沒有安排任何行程，團友們安置好簡單行李後，也就三五成群地來到中餐廳。在這富麗堂皇五彩燈光閃爍的大廳裡，我們好像進入戲中的皇宮。壁上的名畫，原木雕塑的桌椅，百年樹齡的盆栽，奇石怪木的擺設，幽雅整潔的四週，穿著華麗、則又彬彬有禮的服務生，展現出一流酒店應有的水準，也讓我們深刻地體會到，投資經營者的眼光和魄力。

我們的席位由一幅折合式的仿古屏風與其他用餐的團隊隔離著。屏風上那對龍鳳呈祥的湘繡，表露出中國精緻的手工藝，孔雀開屏更把它提昇到最高的藝術意境，的確讓我們大開眼界。

團友們一共十六位，必須分成兩桌，可能是我的年紀較大，被安排在主桌，並與主人遙遙相對。先行而來的是那位美麗的大堂經理，她一一地向我們點頭問好。繼而來的是一位身穿旗袍，氣質高雅的婦人。她由兩位男士陪同，我們相繼地站起，以掌聲來迎接她，但讓我感到不可思議的是，大堂那位女經理，簡直就是她的翻版。

服務生很快地走過來，為她拉開椅子，但她卻沒有坐下，以極感性而柔和的口吻說：「各位來自金門的貴賓，我是海麗酒店董事兼總經理，本酒店是中港合資的企業集團，也是涉外的三星酒店，樓高十五層，客房三百四十八間，貴賓套房五間，另設有商務中心、多功能廳、酒吧、中西餐廳、商場、美容中心、桑拿間、三溫暖等多種服務設施，以我們的住宿率及軟硬體設備，或許明年即可晉為四星酒店。金門可說是我的第三故鄉，我在台北出生與受教育，在海南拓展事業，在金門住了將近四年。金門實在太令我懷念了，金門青年刻苦耐勞的敬業精神，純樸的民風，善良的習俗，都深深地印在我的腦海裡。不怕諸位笑話，我曾經與一位金門青年共同許下相互照顧的諾言，不管在天之涯或海之角。然而，卻因受到大環境的影響，失去了連繫，一晃廿幾年，但我並沒有把他忘記……。」她傷感的語調，讓整個氣氛凝結。

我始終低頭聆聽，面對著端莊高貴的總經理，自卑的心理不容許我多看她一眼，只是深感那嬌柔的聲音，對我來說太熟悉，太熟悉了。

「今天，我以孔宋家酒來歡迎遠從金門來的嘉賓。」她說著，服務生也陸續地斟上酒。「大家都知道，孔宋在中國是大家族，也是名人，宋家的祖居就在海南的文昌。」她舉起斟滿酒的一口杯，繼續說：「請原諒我的自私，當我舉起杯時，我必須以一顆誠摯之心，先敬一位特別的客人。」她說後把酒杯高高地舉起，並沒有說明那位是她的特別客人。團友們都相互地斜視著，竟連那大堂經理與幾位高級幹部，都被她那突如其來的舉動搞得滿頭霧水。

她緩緩地走出座位，所有的眼光也跟著她走，然而，她卻在我的身旁停下，一股巴芬碧可的香水味掠過我的嗅覺，我沒有仰頭看她的勇氣，我的心早已隨著歲月的流失如一杓死水，巴芬碧可與我何干！

「陳先生。」

那柔美悅耳的聲音把我從沉思中驚醒，我猛一抬頭，久久地凝視，是誰能喊出這麼親切的聲音，那曾經讓我日日夜夜苦思夢想的聲韻。

「麗美。」我猛而地站起，高聲地喊著，所有的目光都投向我，「是妳！」

她含笑地點點頭，卻掩飾不了眼角上那顆喜悅的淚珠。而那顆晶瑩的淚珠，可曾是已失的時光所凝結而成的。

「對不起，諸位，當我發現陳先生的名字時，並經多方面查證，也印證了古人一句名言：踏破鐵鞋無覓處，得來全不費功夫。原以為他會先發現我，然而；沒有，廿年前他想的總比說的多，廿年後依然如此。」她再度舉起杯，「對不起，敬各位，敬各位。」她一飲而盡，服務生又滿滿地為她斟上。

我卻無語地站在桌旁，內心交織著歡樂與苦楚，社會在變，環境在變，我單純的故國河山之旅也將生變。廿年過去了，卿卿我我的日子也過去了，苦思夢想的日子也過去了。我們的重逢是故事開始？還是結束？這變幻莫測的世界啊！讓我苦苦地思索著，何日才能給我一個圓滿的答案？

在香醇的孔宋家酒誘惑下，大家乾完了一杯又一杯。已盡興的賓主都有點兒飄飄然，而夜也深了。麗美挽著我的手臂，挽著一位白髮蒼蒼的小老頭，無視員工異樣的眼神。她交代客房部的服務小姐，把我的行李，送到十五樓的貴賓套房。

在大堂裡，我遇到了那位美麗的女經理，原來她就是麗美在金門所生的女兒——王海麗。她快步地走向我們，拉起麗美的手，深情地說：

「媽！您喝多了，早點休息吧！」

「放心，媽沒喝醉。」麗美依然挽著我的手臂，幽幽地說：「孩子讀的是企管，先讓她在大堂見見世面，小小年紀很懂事，將來就看她啦！」

「海麗，妳也早點休息吧。」我微微地向她點點頭，低聲地說。

「陳叔叔晚安，媽媽晚安。」她向我們揮揮手說。

我們在貴賓套房的長沙發椅坐下，服務生沖來兩杯熱茶，也為我們拉上了窗簾。然而，麗美卻從冰箱取出兩瓶啤酒。

「大熱天喝茶。」她嘀咕著。

「熱茶能解酒呀！」我說。

「我又沒喝醉，解什麼酒。」她理直氣壯地說。

「從沒聽過酒醉的人說自己醉了。」我取笑她。

「不信？」她不服氣地拿起電話，按下服務鍵，「來一瓶孔宋家酒，兩只小酒杯。」

「麗美。」我側過頭，久久地注視著她，那紅紅的雙頰，那水汪汪的雙眼，在燈光柔和的照映下，顯得更明媚，更嬌艷。

「陳先生。」她拉起我的手，在我的手背上輕而有韻律地拍著，拍著，並沒有說什麼。

服務生把酒送來，並一一地為我們斟上。突然，我想起了兩句歌詞：

人說酒能解人愁

為什麼飲盡美酒還是不解愁

難道麗美有什麼愁要解嗎？不，不會的。看她滿頰充滿著青春與幸福的笑靨，我是不該胡猜亂想的。

「麗美，既然酒已斟上了，我們就喝吧。喝掉廿年的相思酒；再擦乾那一滴滴的相思淚……。」我一飲而盡，傷感地說。

「陳先生，過去的就讓它過去吧。今天的重逢就是我們新的開始。」她安慰我說。

我們默默無語地靜坐著，時而隨意，時而乾杯；時而她把被酒精燃燒著的小臉靠在我肩上；時而環抱著我，時而把頭依偎在我的懷裡。然而，在我們體內奔放馳流的，再也不是青年時的激情和熱血，而是老年的相互依靠。廿年前那相識相知的短暫時光，她並沒有忘記，要不；以她今天在海南商場上的身分和地位，一個孤獨的小老頭，一個在人生舞台毫不起眼的小角色，如果沒有真情的流露，在晚宴上她能說出那麼感性的話嗎？能夠不計員工異樣眼光的注視，而挽著我在大堂上漫步嗎？能斜靠在我肩上，把小臉依偎在我滿身酒臭與汗臭的懷裡嗎？如果沒有感情基石，一切都是不能與不可能。

廿年前認識她時，我並沒有以一對勢利的眼光鄙視她；廿年後的重逢，她並沒有以商場上貴夫人的姿態來對待我。一切都歸於自然，歸於亙古不變的情誼。如果我是一位玩世不恭的金門人，或許，今天所受的待遇絕不是如此。也讓我深刻地體會到，生在這個現實的社會裡，儘管個人的命運和際遇有所不同，但人格是相等的。我們純以一顆坦誠的心來相待，而不是靈肉的尋求和相互利用。

麗美已不勝酒力，她溫柔地，毫無顧忌地把雙手環抱住我的腰，以我的腿當枕，睡得很香很甜，像睡在幼時的搖籃裡，不知人世間的險惡和疾苦，只感到甜蜜和溫馨。

我為自己斟上一杯酒，然而，此時此刻卻品不出孔宋家酒的醇香。身在異地，在這涉外的三星酒店裡，在那迷人的燈光下，懷裡摟抱的是柔情美麗的佳人，世上所有的幸福都凝聚在我身上。如果此刻生與死能讓我自由選擇的話，我寧願選擇後者，讓我含笑地走向天國，絕不回頭！

我飲了一口酒，把頭仰靠在沙發的椅背上，閉上沒有睡意的雙眼，往事像那繚繞的雲煙，一簇簇、一幕幕，相繼地掠過我的腦海裡……。

2

那年，我廿三歲。

司令官馬將軍核定我出任金防部直屬福利站經理，並在政五組兼辦防區福利業務。我們的業務範圍除了要執行低價服務、四大免費服務，還督導福利中心，管理電影院，文供站，特約茶室。業務雖然繁瑣，但執行並沒有多大困難。只有特約茶室是最複雜，又不能缺少的單位。有了它的存在，除了解決了沒有家眷的軍中同志性的需求外，也減少了男女間的感情糾紛，因此，除了在金城設立總室外，還在沙美、山外、成功、小徑、庵前以及小金門的東林、后宅、青岐、大膽都設立分室。甚至為了配合「慈湖」的施工，還在安岐設立機動茶室。告子說：「食色性也。」或許是最好的詮釋。

特約茶室的設立，不僅解決了軍中同志的性問題，也給防區增加了一筆可觀的福利金收入。然而，面對著十餘個單位，一百六十幾位侍應生，一些複雜而下級無法解決的問題，都必須由我們業務承辦單位會同相關部門一一給予協助和克服。最可怕的是存在已久的弊端，如管理員做假帳、以假原始憑證來報銷、售票員收取侍應生的紅包、不肖員工的白吃白嫖、醫務人員對性病檢驗不實……等等。在長官的指示下，我們擬訂了管理規則，除了每季的業務檢查外，並視實際狀況做不定期的突擊檢查。

一九七一年三月，正是金門的霧季。五號那天，我們會同監察與主計單位，突擊檢查金城總室。該室設在金城的民生路，是一棟舊式的平房，分隔了四十八個房間。房間的門框上以紅色的阿拉伯數字寫著號碼，侍應生也隨著房號而被定位在一張雙人床、一張小桌子、一個布衣櫥、一只小水桶、一個臉盆的陰暗房間裡，過著神女生涯。

我負責抽查與核對前一天的售票紀錄與加班票。在售票員公平公正的配票下，每位侍應生售票數也相差無幾，倒是發現十二號的王麗美，她所售出的票數與加班次數都比一般侍應生高出很多，我向管理員調閱了員工簡歷冊。

王麗美。海南省海口市。高中畢業。三十七年三月廿四日生。

翻閱了整本簡歷冊，就連職工在內，高中畢業的只有三人，是不是因為她的高學歷票房紀錄也高，抑是另有其他因素。我拿著售票紀錄表，由管理員陪同來到十二號房間。一進門，一股廉價的香水味迎面飄來，我揉揉鼻子，睜大了眼睛，那王麗美可真是異於一般侍應生，她容貌清麗，氣質非凡，笑咪咪地從床沿站起，以柔和的語調說聲：

「請坐。」

「謝謝。」我微微地向她點點頭。

當管理員說明我的來意，她立刻從抽屜裡取出一疊黃色的普通票以及紅色的加班票。經我一一地核對，並無不符之情事。我請管理員迴避一下，問了一些有關管理方面的問題，她都能詳加答覆，並沒有什麼不滿意的地方。我請她在檢查紀錄表上簽名存證，那娟秀靈活的「王麗美」三個字更令我佩服，以她各方面的條件，換取高票房記錄，並沒有讓我懷疑的地方。驀然，我發現她的衣櫥上，用木板橫墊著，擺了好多書。我情不自禁地走近一看，發現她所閱讀的範圍真是包羅萬象，竟然還有一本不易看到的《文藝心理學》，這本從哲學分支出來的美學，是滯留在大陸的作家朱光潛先生的力作。也因為他滯留在大陸，被歸類為「投匪作家」，他的作品如：《給青年的十二封信》、《談美》、《談文學》、《談修養》等都一併被列為禁書。在戒嚴時期、軍管年代，擁有它的人，一旦被安全單位查到，被羅織的罪名可不輕。若被套上為匪宣傳的罪名，當事人也是百口莫辯。

我順手取下它，隨便翻了一下。

「你很喜歡看書？」我轉過頭，低聲地問。

「你是說侍應生不能看書？」她收起原先的笑容，反問我。

「不，不，我不是這個意思。」我搖搖手，趕緊把書放了回去。收拾好檢查表，快步地離開。

雖然《文藝心理學》是我急欲想看的一本書，而令我費解的是藏書數千冊的「金防部明德圖書館」，竟然找不到這本書，反而在侍應生的房間裡看到。這本書所以特別引起我的注意，是姚一葦教授在《藝術的奧祕》裡多次地提到它，我必須做一個印證。因此，一股向侍應生借書的念頭，不停地在我腦海裡盤旋著，但我還是提不起這份勇氣，內心充滿矛盾與懊惱。

或許，每位侍應生的背面都有一個悲傷動人的故事：戰亂的分離、家庭的變故、社會不良風氣的引誘等等，都是組成這些故事的原委，我相信世界上沒有天生的神女。以王麗美的相貌，並受過完整的中等教育，她的故事勢必會更精彩、更動人。然而，我承辦的業務並不包含打探別人的身世。雖然，有些是很好的寫作題材，但如果為了本身的利益而去揭發別人的隱私，未免太不厚道、太沒人性了。

但我還是利用一次福利單位業務會報的機會，請金城總室的事務主任，代我向王麗美洽借《文藝心理學》，很快地書已借來，我如獲至寶地翻開第一章——

什麼叫做美感經驗呢？

就是我們欣賞自然美或藝術美時的心理活動。

多麼貼切的問答，也只有大師才能為我們指出一條賞美的管道。於是我利用公餘的時間，把厚達三百四十三頁的《文藝心理學》讀完，並作了一些簡單的筆記，不管它能帶給我多少知識，但對美的欣賞總算有了一點心得和概念。

為了不再麻煩別人，我直接把書用郵政掛號寄還王麗美，並送給她一本張秀亞的《北窗下》，也把我的藏書《藝術的奧祕》借給她，並附了一張小紙條，希望她能從《藝術的奧祕》中，真正理解出人性的美與醜。

3

六月，是會計年度的結束。

為了重新編列新年度的預算，日夜加班，把原先擬訂的讀書計劃主動地放棄，但也讓我深刻地體會到，一個沒有受過完整學校教育的青年，想立足在這個社會，他所付出的心血與代價往往要超人數倍。

從文康中心開完會回來，我的桌上放了一件小郵包，從它方方整整的包裝，我知道寄來的是書。

陳先生：

謝謝你送我的《北窗下》，它也是我此生唯一收到乙份自己喜歡的禮物。平時，我收到的是金錢。特約茶室是你承辦的業務，對於我們這些侍應生，相信你比我更瞭解。

《文藝心理學》是家父遺留的書籍，雖然看過它幾遍，但並不能從其中領悟到什麼，既然你喜歡就送給你。《藝術的奧祕》也是一樣深奧難懂，謝謝你的好意。其實人性的美與醜並不是與生俱來的，它多少會受到現實環境的影響。

祝福你

王麗美

看完她夾在書裡的便條，我重新把書放好，內心並沒有明顯的起伏變化，仍然投身在繁忙的公務中。

每逢星期一，除了電影院外，其他福利單位都公休一天。當然，特約茶室也不例外。上午所有的侍應生必須接受軍醫單位派遣的醫務人員做性病抹片檢查，一旦呈陽性反應必須停業，並送到尚義醫院附設的「性病防治中心」接受治療。

我們都知道，以六十年代的醫藥水準而言，性病雖不是一種可怕的絕症，但如得了「淋病」，患者的尿道會紅腫潰爛；而一旦「梅毒菌」侵入人體，輕者痛苦，重的喪命。倘若發現而不儘早治療，男女相互傳染，其嚴重的後果難以想像。因此，為了官兵的健康，業務承辦單位對每星期一的性病檢查及檢查後的送醫治療都非常的重視。當然，也發現少數侍應生賄賂醫務人員，做不實的檢驗報告，或是到了性防中心，不做徹底的治療，暗中繼續營業。針對這些弊端，業務承辦單位除了嚴格督導星期一的抹片檢查外，對第二天檢查後呈陽性反應的侍應生也做了嚴格的列管，並到性防中心核對人數，要求徹底治療，以維護官兵及侍應生身體的健康。而巧的是在這星期的送醫名單中，王麗美卻是其中的一員。依她的票房紀錄，接觸的客人不僅多又複雜，得病率當然會更高。

性防中心設在尚義醫院右側的山坡上，除了打針、吃藥、休息外，過的卻是枯燥乏味而單調的生活，為了回報王麗美送我《文藝心理學》，我帶了胡品清的散文集《夢幻組曲》回送她，希望這本書能陪她渡過這段沒有自由的日子。

走進性防中心的病房裡，迎面飄來一股濃烈的藥水味，還夾帶潮溼的霉氣味。裡面共有十二張病床。當然，並不是每位侍應生都得了性病，在比率上如果超出５％就是警戒線，軍醫單位也再三的向官兵們宣導：「事前多喝水、事後要小便」，甚至每個茶室的售票處，也兼售「小夜衣」。但奇怪的是許多人寧願得病後吃藥打針，也不願使用俗稱的「保險套」，這種錯誤的觀念迄今仍無法改正，也證明國人的衛生水準與歐美先進國家尚有一段差距。

醫務人員知道我的來歷，彼此打了招呼，我也顧不了那些疑惑的目光，逕自走到王麗美的病床前。

「辛苦了，王麗美。」

她抬起頭，抿著嘴，微微地對我笑笑。然而，她那美麗的容顏卻掩不住蒼白的唇色，其黑色的眼圈，或許是長期的無眠與體力透支所引起的。

「給妳帶來一本書，希望妳喜歡。」

她伸出細長的手，從我手中接過去，低聲地說：

「謝謝。」

我簡單地核對了一下人數，那些疑惑的目光並沒有從我身上消失。我不敢作太久的停留，也沒有再看她一眼的勇氣，深怕會有一些不實的傳言，被有心人刻意地渲染。這個可怕的社會，讓我不得不慎重，不得不設防。

人與人的相識，像是一個傳奇的神話故事。漸漸地，我發覺王麗美的影子，經常地從我腦海裡掠過。是美，是醜，各人的審美觀點有所不同，更難以用世俗的眼光來衡量。

4

時間，總是一切計算的重複者。

一年一度的中秋佳節也將來臨，我們單位除了福利業務外，年節的慰勞慰問也歸我們所承辦。雖然每一位參謀人員都有不同的職掌，但逢年過節，必須同心協力、分工合作，發揮團隊精神，把組裡的業務辦好。眾參謀分別陪長官赴離島慰問；陪夫人慰問住院傷患官兵，安排藝工團隊演出等。而我卻留守在辦公室，核發各單位的團體加菜金，以及主管官的秋節禮券。從上班起，鈔票、禮券、領據與印章，不停地在我眼前交叉運行著。因此，我不得不格外小心，以防差錯。

在一陣空檔裡，我掀起了杯蓋，飲了一口香片茶，閉上眼、伸了一下懶腰，往椅背一靠，暫時紓解一下壓力，這種無名的享受，的確愜意如神仙！

正想著，傳令把一包東西放在我的桌上。

「誰送來的？」我說著，並沒有仔細看它，順手把它放在桌下。

「士官長。」傳令回答我。然而士官長三個字則讓我有點訝異，於是我俯下身重新把它拾起，撕開包裝紙，竟是一盒台北馬來西亞餐廳製作的月餅，盒裡的透明紙下夾了一張小紙條。

陳先生：

又到了天涯淪落又中秋的時節，籍貫欄裡分明記載著海南省海口市，卻從未見過海南。回首在異鄉已渡過第廿二個中秋了，而故鄉不知淪落在何處，總讓人有些茫然。

是誰送的月餅，或許你比我更清楚，轉送你一份，請別見怪。倘若你願意陪一位客居金門的侍應生共賞秋月的話，明晚七時我將在僑聲戲院門口等你。如果有所顧忌，相見不如不見好。

麗美

我鎖上抽屜，快步地走離辦公室，顧不了那些待發的加菜金和禮券，在明德廣場上，看看秀麗的太武山房，仰望太武山巔峻峭的巖石，以及石縫裡的野花雜草。一陣陣清涼的微風，一口口新鮮的空氣，讓我漂浮在這幽美的翠谷裡。

秋節那晚，我沒有參加月光晚會，逕自從武揚操場順著彎曲的羊腸小徑走著。兩旁的地瓜田，綠色的藤蔓爬上了田埂，覆蓋在藤首的泥土已逐漸地龜裂，今年的地瓜註定會豐收。

晚風輕輕地吹著，路旁已有幾片早落的楓葉，想起待會兒就要與一位現實社會所不容的侍應生見面，興奮與矛盾的心情同時在我內心交戰著。或許，我今天的選擇是對的，儘管各人的際遇不同，但人格是相等的，端看我們以什麼式樣的心來認定它、解讀它。而此時，我伸出的不知是一雙友情的手抑是愛情的手，我感到迷惑與不解。

從新市里的復興路，右轉自強路，左轉中正路，僑聲戲院就在眼前了。那穿著淡藍洋裝的女子不就是王麗美嗎？她似乎也已看到我，舉起手輕輕地向我擺動著。然而，我已掩不住內心的喜悅，快步上前，用小指頭，輕輕地勾住她的無名指，一股淡淡的清香，一份誠摯的微笑，是女人尊貴的代表。

我們默默地走在新市里的街道上，內心的喜悅久久盤纏在心頭，偶而地相視笑笑，或許，這是一個無聲勝有聲的安逸時刻。

遠遠望去，月亮已高掛在街的那一頭，在這皎潔的月光下，我們選擇了榕園一處清靜的草坪，面對冉冉上升的月亮坐了下來。

「陳先生，說來好笑，我們走了好遠的一段路，卻沒說過一句話。」她嘟起了小嘴，神情愉快地說。

「麗美，說來可笑，當我面對長官作十分鐘的業務報告時，東南西北說得頭頭是道，現在面對著妳，倒像是一個新入學的小學生，不知該向老師說些什麼才好？」我坦誠地說。

「或許是我們認識的時間太短，瞭解不夠深，才不能打開心胸，暢所欲言。」她正經地說。

「不錯，妳說的正是我心想的，今天我們同坐在這塊美麗的草坪上，就是為了彼此能更深一層地瞭解。」

「跟一位歷經滄桑的侍應生一起賞月，你不覺得委屈嗎？」

「無論在我眼裡、在我心裡，都是完美的，妳與其他侍應生不同。坦白說，以妳的美貌、學歷，似乎不該選擇這種行業。或許妳的遭遇不是三言兩語可道盡的……。」我沒有再說下去的勇氣。

「不！你錯了。」她神色淒然地搖搖頭，「我的遭遇正是三言：父親去世，母親改嫁，弟弟幼小。兩語是：苦命，命苦。」她的淚水就像斷線的珍珠，一顆顆一粒粒地掉落在草坪上。

我趕緊取出手帕，輕輕地拭去她遺留在眼角的淚水。

「對不起，麗美，我不該在這中秋佳節，說這些讓妳傷心的話。」我歉疚地說。

「不，你說得對，也減少你心中的一份疑慮，往後的日子我們將是一對無所不談的朋友。」她頓了一下，「如果你不嫌棄的話。」

「好！」我伸出手，她也同時把手伸出來，讓我緊緊地握住，「往後的日子勢必是妳心中有我，我心中有妳。」

她笑了，那含著淚水的微笑，在明月的照耀下，更加柔媚，更顯得俏麗。

彼此久久地沉默，月亮已被烏雲遮掩著，夜也逐漸地深了，我們賞的可是這中秋佳節的明月？不，我們共賞的是彼此心中永恆的月亮。她突然地把頭靠在我肩上，一股淡淡的髮香，一聲聲秋蟲的吱叫聲，在這寂靜的深夜裡，在這翠綠的草坪上，我輕輕地把她摟進懷裡，撫著那被微風吹亂的髮絲，一遍又一遍；一遍又一遍……。

5

在年度的輪調中，麗美被調往離島的東林茶室。

東林位於烈嶼鄉，是個商業氣息非常濃厚的小市區，寬敞整潔的街道，經營著各式各樣的行業。烈嶼守備區指揮部，軍方所屬的「國光戲院」、「免稅福利品供應站」、接待外賓的「虎風山莊」，都在東林的不遠處。

東林茶室只有十五位侍應生，四週的環境略顯髒亂，也相對地會影響侍應生的服務品質。當然，以麗美在金城的高票房紀錄，換了新單位，以新的形象服務官兵，票房紀錄仍舊居高不下。

有一天，我突然接到她的一封信，她告訴我說她懷孕了，不知是那一位恩客遺留下來的種子。是官？是兵？是少校？是上尉？還是士官長？則不得而知。

依當時規定，侍應生懷孕可到醫院做人工流產術，並可申請營養補助費。然而，人工流產是子宮刮除術，對母體的傷害是自然生產的數倍，甚至還有嚴重的後遺症。但在一位仰賴肉體維生的侍應生來說，懷孕不僅影響她們的營業，生下一個父不詳的孩子，更是一個累贅。如果採取人工流產，卻無形中抹殺了一個即將誕生的小生命，她們能安心嗎？能不遭到上天的譴責和報應嗎？因而，我把利弊寫信告訴她，倘若暫時不能營業，而需要少許金錢運用的話，我將在每月的薪餉撥一部分給她。希望她能把孩子平平安安地生下來，千萬別管它是誰的種子，一切要認命。說不定將來依靠的是這個父不詳的孩子。

肚子一天天地大起來了，麗美也停留在不能營業中，我們相約於農曆正月十二日到太武山的海印寺拜拜。九點不到，我直接從中央坑道走到太武公墓的臨時招呼站。那時，天上正飄著微微細雨，我望著來來往往的公車和熙熙攘攘的人群，撐起隨手攜帶的黑色大雨傘，仍然擋不住刺骨的寒風。

路邊的牆下，幾株矮小的桃樹，正展露出新的丰姿，細雨輕輕地飄在它那含苞待放的花蕊上。桃花就要開了，春天早已經降臨人間，我們還盼望著什麼？期待著什麼？美麗的春天啊，你可曾聽到我們的呼喚！

驀然，一輛紅色的計程車在我身旁停下，開門下車的正是麗美，我快步地走上前，細心地攙扶著她。

「對不起，讓你久等了，金烈海域的風浪實在太大了，延誤了很久才開船。」她重新把圍巾拉高，而後緊緊地挽著我說：「好冷唷。」

我低下頭，看著她那微濕的髮絲，愛憐似地說：

「麗美，我們還有好長的一段路要走，別怕冷，在這佈滿風霜雨雪的人生大道上，我會給妳溫暖的。」

「陳先生，你這句話像極了電影中感人的對白。」她笑著說，輕輕地擰了我一下。

「果真如此的話，女主角一定是王麗美啦。」我笑著。

她笑了，笑得好開心；好愜意。

我們迎著霏霏細雨，順著玉章路的水泥大道，一步一步往上走，兩旁的野草野花在春雨的滋潤下，更顯得青蒼翠綠。麗美開始放慢腳步，那喘著氣、說不出話，還強裝笑臉的表情，倒也惹人憐愛。我停頓了一下腳步，轉回頭。

「累了吧。」我說著，順手拉了她一把。

我們在路邊一塊平穩的石頭坐下，或許是走路、爬坡有點熱吧，麗美竟解開大衣鈕扣，當我看到她那微凸的小腹時，的確有一份悲淒和難過在心頭。我搖搖頭，微嘆了一口氣，心中暗自向上天祈禱，願她身懷的是一顆閃爍的明珠！

「嘆什麼氣呀？該嘆氣的是我，而不是你。」她說。

我默默無語，雙眼凝視坡度傾斜巨巖重疊的另一個山頭。

「陳先生，我深深地感受到，你想的總比說的多。」她又說。

「妳又不是心理學家，怎麼知道我想的比說的多呢？」我拉起她的手，夾在我的雙掌中笑著說。

「強辯！」她皺了一下鼻子。

「那麼妳算算看，我什麼時候會變成老怪？」

「心胸要開朗，眉頭不要鎖緊，不要想的比說的多，就永遠成不了老怪！」

「謝謝妳的開導。不錯，在廣大的文學領域裡，過度地探尋和思索，把自己深鎖在一個孤獨的圈子裡。麗美，坦白說，我實在是想的比說的多，但妳卻是我談得最多的女性，因此，我非常珍惜這份情感。在茫茫的人海裡，但願我們能相互鼓勵和照顧。」我神色淒然地說。

「讓我們共同信守這份諾言吧，任憑天涯海角。」她表情嚴肅地說：「在搖擺不定的人生小舟上，但願我們能克服任何的困境，攜手划向理想中的港灣。」

「繼續走吧，麗美，海印寺已在不遠處。」我拉起她的手站了起來。山頂上的寒風依舊刺骨，細雨又開始輕飄，我重新撐起傘，扶著她一步步，走向幸福溫馨的未來。

到了鄭成功的弈棋處，我們站在那道天然的圍牆上，俯瞰山下的斗門村，那一塊塊綠油油的農田，那一幢幢古老的屋宇，幾隻牛兒正啃著剛萌芽的野草，好一幅太武山下的春景圖啊，在霏霏細雨中，更顯得迷人。

「麗美，妳仔細看看，海的那邊就是廈門了，將來可從高崎機場直飛海口，看看妳爺爺和奶奶。」

「這輩子可能無望了，小時候聽爸爸說，爺爺在海口擁有一百多畝的旱田，在海府路有輾米廠，連接著有五間店面。可能早就被共產黨以『有產階級』的罪名清算鬥爭掉了。」她悲觀地說。

「吉人自有天相，望海興嘆也沒用。」我開導她說。

走過毋忘在莒的勒石，海印寺就在眼前了。首先映入眼簾的是那雕樑畫棟、古色古香的建築。我們先在「蘸月池」旁的小臉盆洗了手，把人性最髒的雙手洗淨。相傳蘸月池遇雨不溢，四季不涸，池水清澈，能潔身袪病。

寺內供奉的是觀音與如來，栩栩如生的十八羅漢鎮守在兩旁。麗美雙手合十，跪在觀音與如來的神像前，唸唸有詞，神色虔誠，怎知她祈求的是什麼？我也拈上了一炷清香，深深地向祂們三鞠躬，而我該祈求什麼？默念些什麼？觀音大士啊、如來我佛，請保佑我們，在未來的路途平坦順暢。

順著那條蜿蜒的山路，我們走向太武山谷。麗美對整個行程沒有意見，完全由我主導。

「麗美，山坡下有一幢西式的小樓房，它曾經是總統在金門的行館，夫人親題的『太武山房』，現在卻成了『明德圖書館』。」我指著山坡下那幢白色的建築物說：「我們可以到裡面看書。」

「真的，好幾年沒進過圖書館了。」她用力地捏了我一下手，高興地說。

距離山房越來越近了，我的辦公室也在明德廣場的左邊，但我並不想帶麗美到辦公室，以免為自己製造不必要的困擾。於是，我們直接來到圖書館。

在借書登記處見到了洪敬雲，他畢業於師大美術系，作品曾在國內多次展出，現正在服役中。

我相互地為他們簡單的介紹，麗美也大方地伸出手。

「洪先生好。」

「王小姐好。」

他們禮貌地握握手。

而我發現畫家正上下左右地打量著麗美。或許，他已尋找到靈感，一幅美的畫像即將形成，喜歡文學的我，在美的認定上，卻沒有畫家來得敏捷。

麗美被看得有些難為情，依在我身旁，拉住我的手。

「美！」洪敬雲高興地說：「老師陳景容筆下的美女，氣質高雅，容貌非凡。」

我們情不自禁地笑成一團。

洪敬雲把我們引進藏書庫，那些分門別類的藏書，讓麗美大開眼界。但我們並沒有作太久的逗留。不知何時，屋外的雨卻落得很大很密，我們站在山房的長廊上，傾聽淅瀝淅瀝的雨聲，翠谷的美景，全在我們眼裡。

太武山房聽雨聲、看美景，或許是我們此生最美好的回憶。

6

時間過得真快，轉眼春去秋來冬天到。

麗美由東林茶室調回山外茶室的「軍官部」，並順利地生下一名女嬰，透過管理員的介紹，請了一位中年婦人幫忙照顧。自從麗美產後，我雖然託人帶了一些營養食品送給她，但並沒有和她見過面。內心除了百感交集，更充滿著矛盾，想見她，又怕見她，但卻說不出是什麼因素。

一個星期天的下午，也是麗美產後的第十八天，我內心交織著難以言喻的苦楚來到她的房間。

「好久不見了。」見面的第一眼，她冷冷地說：「怕了吧，陳先生，怕讓人誤解孩子是你的骨肉，對不？你不是說過要相互照顧嗎？當我需要你、惦念著你時，你卻躲得遠遠的。我們內心到底存在的是什麼？親情，友情，愛情，或者什麼都不是。你年輕，有前途，有滿懷的理想和抱負。而我呢？」她突然停了下來，淚水則已爬滿了她的臉頰：「說好聽點是侍應生，其實是世俗所謂的妓女！」她已泣不成聲。

「麗美。」我已顧不了一切，緊緊地抱住她，抱住一個軟綿綿的身體，是幸，是不幸；是希望，是禍害！我全然不知。我取出手帕，拭去她的淚痕，「對不起，麗美，這件事的處理，我是一個不及格的小學生。」

她的氣似乎消了不少，又恢復了原來的溫柔。

「給孩子取個名字吧！雖然她的來臨是她的不幸，也是我的不幸，但總不能沒名沒姓沒戶口。」

我沉思了一下，突然想到。

「麗美，我們不必相信鐵口半仙的凶吉筆劃，就叫王海麗吧！『王』是母姓，『海』是海南省，『麗』就取她母親的中間字。」我得意地說。

「王海麗，王海麗，好聽；不俗，有意義。」她高興地說，又猛力地在我頰上親了一下。「喜歡文學的畢竟不一樣，命起名來全不費功夫。」

她笑了，我也跟著傻笑。笑聲充滿著這陰暗的小屋，笑聲也為她帶來希望。孩子的誕生或許是她甜蜜的負荷，也是將來的依靠。然而，她的成長，做母親的要付出多少心血，歷經多少辛酸，才能把她拉拔長大。

一粒米的成長也必須經過播種、灌溉、除草、施肥，才能有收成。人，又怎能例外，尤其在社會教育敗壞的此時，更不能有所疏忽。問題少年的起因與形成，家庭、學校、社會，都必須負起相同的責任。生子容易，養子也不難，教子卻是一種無形的心理負荷。

尤其是生長在一個不良的環境下，父母所付出的更是異於常人數倍，這是不能否認的事實。在這變幻無窮的人生舞台上，願麗美的演出多采多姿，有聲有色……。

7

從福利中心轉呈上來的侍應生出入境申請書中，我發現麗美抱著海麗的照片與申請書，出境的理由是探親。在特約茶室的管理規則裡，侍應生只要服務滿三個月，而有正當理由都可申請出境，如服務未滿三個月，必須扣除台北召募站的召募費，在來去頻繁的出入境中，不得不作慎重的審核。當然，麗美來金已有一段時間了，她有返台探親的權利，然而，讓我感到迷惑不解的是，從未聽她提起過。

那晚，天氣有些悶熱，閃爍在遠方的星星更加明亮，但沒有月光照耀的大地，卻顯得有點漆黑陰沉，給人平添了一絲恐怖感。我們挽著手，漫步在太湖幽靜的堤岸上。累了，就坐在低垂的柳樹下聽蛙聲、聽蟲叫。

「出境證已經辦好了，什麼時候走？」我打破寂靜的夜空，低聲地問。

「第一個航次就走，越快越好。海麗已逐漸地懂事，不能不讓她離開這個環境。」她激動地說。

「什麼時候回來？」我關心地問。

「把海麗安頓好再說。」她神情有些悽然。

突然，我怕失去了她，緊緊地把她摟進懷裡，把臉貼在她的頰上。她默不作聲，也沒有抗拒，讓這漆黑的星空屬於我倆。在蛙兒與蟲兒的見證下，我們已失去理智；把人性最脆弱的情感暴露在這美麗的柳樹下，繾綣纏綿之後，我的淚水卻不聽指揮地滾下來。

「怎麼流淚了呢？」她用手摸摸我的臉，「你是後悔和我在一起？」

「不，不，麗美，我怕失去妳。」我把她抱得更緊，摟得更緊。

「只要你願意，只要你不以有色眼光來看我，陳先生，天涯海角永遠等著你。」

「麗美，別再叫陳先生了，就改口叫我名字吧！」

「不，不管我們將來的結局如何，你是我心中永遠的陳先生。」

我搖搖頭，像飲下一杯苦澀的烈酒，心裡是那麼的不是滋味，難道苦澀之後真的是甜蜜？抑或是更苦，更澀！內心浮起無數的問號，但願時光能給我一個滿意的答案。

等待的日子總是那麼地漫長，那麼地令人心急。

轉眼，麗美的假期已結束，但人卻沒回來，甚至也沒有她任何的信息。據側面瞭解，她一些重要的衣物都以包裹寄回台灣，是否真的不回來了？讓我感到不解。這份得來容易的情感，失去竟這麼快？當我想以身投向她時，卻消失的無影無蹤。我的情緒低落到了極點，想撫慰它，或許只有麗美火樣熱烈的心。

終於，我收到一封信。

陳先生：

經過多方面的考慮，我下定決心不回金門了。不回金門不是想離開你，而是要離開那個沒有人性尊嚴的環境，以及遠離那段不幸的記憶。對你，對我，對孩子都是好的。雖然暫時不能見面，我會信守對你的承諾——天涯海角永遠等著你。

在我們來往的這些日子裡，我深深地發現到，你是一位標準的金門青年；你以苦學自修來彌補學歷的不足，你以腳踏實地的工作精神換取現在的職位，這是時下一般青年所沒有的。

在紅塵中打滾了這麼多年，對人性的善惡與美醜，我的觀察較實際，雖然你讀過克羅齊的《美學》，但只是理論，並沒有親身體驗與印證。在這個現實的社會裡，陳先生，你是一張白紙。

弟弟已從師大畢業，而且分發到中部的一所中學任教。從事教職是他終身的志願，現在如此，將來也不會改變。他自信能養活我，養活我這位曾經為了家而入火坑的姐姐。姐姐的不幸更是他心中永遠的痛。

當我洗完沾滿污泥的雙手，我將用這雙乾淨的手洗滌我內心的污點，把一個乾淨的我，完美的我交給你，任憑天涯海角……。

祝福你

麗美

麗美返台的第一年，我們仍保持一星期一封信的紀錄，彼此的瞭解遠勝與日俱增的感情。我們曾經擬訂往後的生活方式，在偏遠的小農村建立一個幸福美滿的小家庭，養一群雞鴨，頭戴斗笠手持青杖趕著羊兒上山吃草，遠離塵囂，過著與世無爭清新平淡的日子。然而，這只是空幻而已，當麗美的信在我書桌上疊至編號第七十六號時，卻突然中斷，任憑我信與電報相互交投，都被退了。但退回的並不只是那些紙片，而是我投入的深厚情感！我感到茫然，我的精神已崩潰，我心想的再也不是美好的未來，而是現在的痛苦和難過。

一年、兩年、三年、五年、十年……。

8

不知什麼時候，淚水已爬滿了我整個臉頰，我猛而地驚醒。麗美仍然緊緊地依偎在我身旁，她取出柔軟的小手帕，輕輕地為我拭去臉上的淚痕。

「你在想……。」她摸摸我的臉，深情地說。

「想我們的過去。」

「委屈你了。」

「不，我沒受到委屈，只是在我心理沒有任何準備下，突然間音信全無，讓我感到前所未有的悲傷和苦楚。」

她苦笑地搖搖頭。

「別以為我是一個負心的人，當我接到香港親戚的通知，歷經多少波折，趕回海口繼承爺爺這片產業，在那個年代，一個女人家，我吃的苦頭不會比你少！」她憤而地離開房間。我無語地低著頭，不一會，她提著一個小箱子走進來。

「你看看。」她打開小箱子，「我從台灣經香港到海口，帶出來的是什麼？是黃金、是白銀、抑或是新台幣？」她把一疊信用力地放在桌子上，提高嗓門說：「我帶出來的是你寫給我的七十六封信！」她說完後，放聲地哭了，是否要哭出內心的委屈和心中的怨恨？

我從椅上站了起來，一把抱住她，怕她又從我身旁離去。她哭喪著臉，猛力環抱著我。

哭吧，麗美，就讓我們永遠擁抱在一起，痛痛快快地哭一場。從春天哭到夏天；從秋天哭到冬天，哭瞎了雙眼；流乾了眼淚。我擁著妳，妳擁著我，同進天國，同遊地府吧！

彼此化解了一些誤解，我們失控的情緒也逐漸地穩定，從她到海口繼承祖父遺留的產業，再如何跟香港的財團合建酒店，都作了一番陳述。我也坦白地告訴她，與她失去連絡的第二年，便辭去原有的工作，擺了一個小書攤，賣些書報和雜誌，只求溫飽，與世無爭。然而，她怎能想到，廿餘年前那個在她心目中肯上進、有理想、有抱負的青年，竟甘心如此過一生。

今晚，睡在這貴賓套房裡卻輾轉難眠，我拉開窗簾，海口的夜已深沉，幾盞街燈無精打采地閃爍著，只有路燈下的椰子樹，孤單地搖曳著那長而低垂的樹葉，「睡吧！明兒還得早起呢。」我喃喃自語。

然而，大腦與小腦卻不停地交戰著，昏昏沉沉地，不知道什麼時候進入夢鄉。

第二天，床頭呼叫起床的鈴聲響了，而我卻四肢無力，頭昏腦脹，身體的每一個部位都是熾熱滾燙的，而且口乾舌燥，意識朦朧，我病了，是高燒。

麗美找來住店醫師，吃藥打針雙管齊下，並禁止我參加旅行團的一切活動。我再三的懇求，希望能隨旅行團一起出發，但總是力不從心，爬起來又倒了下去。麗美也順勢訓了我幾句。

「你不是想跟旅行團到『三亞』，到『通什』嗎？快起來呀，你就去住『苗家』、『黎寨』吧！」

我神色淒迷地苦笑著，無精打采地閉上眼，只感到眼角也濕了。

「廿幾年的孤單歲月，應該更堅強，更能自我照顧。請問陳先生，今天如果躺下的是我，你該怎麼辦，該怎樣來照顧我？」

我被問得啞口無語。

麗美找來領隊，團友們也相繼地來探視我的病情。從他們的眼神，我心知肚明，他們想說的可能是：「這個古怪的陳老頭，走的是什麼運呀！」領隊同意我不隨團出遊，但必須在七月廿四日下午一點半準時到海口機場，我們還有下一個行程——福州、泉州、廈門。然而，麗美卻再度與領隊交涉、溝通，把我隨團旅遊的行程全部否決掉，並取回由領隊代為保管的「護照」和「台胞證」，我也不再堅持什麼，一切就由她安排吧！

經過整整二天的服藥與休息，我的高燒退了，虛弱的身體也逐漸地復元。

「有了健康的身體，還怕沒地方玩。」麗美總是這樣說。

然而一轉眼，來到海口已是第五天了，麗美並沒有為我作任何的安排。每天忙上忙下。早餐後她交代助理孫小姐帶我上美容間理髮，並再三地叮嚀，要我把蒼蒼的白髮染黑；吹風抹油，修面刮鬍。長久的不修邊幅，窩窩囊囊已快過完一生，如今則要改頭換面，倒也像一部機器人，由操縱者來擺佈。

裡裡外外，麗美都深情地為我打點。理完髮，穿了新衣，在大鏡子前面一照，除了眼角的魚尾紋外，把年輕時的我全翻印了出來。我在鏡前久久地停留，左照、右照，前照、後照，長久沒有的滿足感，此刻都湧上了心頭。麗美也在我身旁出現，她輕輕地拍拍我的肩。

「陳先生，廿幾年了，你並沒有變，反而更加地成熟，簡單的修飾一番，展露出中年男性特有的氣質。」她拉著我的手，再度走到鏡前，我們情不自禁相視而笑。

9

麗美為我安排的第一個旅遊點是「東坡書院」。

「文人嘛，總得先看看文人。」她笑著說。

海麗酒店的公務車從海口市的西邊馳駛，經過洋浦經濟自由港公路，向左轉，順著那彎曲的泥土路行走，在一片茂盛的夾竹桃樹下停車。遠遠望去，東坡書院四個大字熠熠生輝地掛在門框上。蘇軾被貶至古儋州三年的坎坷歲月讓我久久地深思著。

麗美撐起一把粉紅色的印花洋傘，淡藍色的洋裝，白色的高跟鞋，把她襯托得更高雅、更明媚。助理孫小姐提著她的皮包和行動電話尾隨在後。我們步上台階，走過彎彎曲曲的走廊，穿過蓮花池，來到東坡書院的主體建築——「載酒堂」。

如以古建築的藝術來看，載酒堂只不過是一幢平平凡凡的建築物。然而，它卻能吸引無數的文人墨客和旅遊者前來觀賞，我們不得不敬佩蘇氏的文采。

堂中陳列了歷代文人名士為東坡書院所題的詩文碑刻，我細心地觀賞和品味，企圖想在腦海裡記下一些什麼。出生海南的孫小姐比手畫腳地想為我講解，麗美卻阻止了她。

「孫小姐，我們站一邊，讓他自己看，看個過癮；讓他自己想，想個痛快！」

我並沒有理會她們，把所有的精神，完全投入在大堂的詩文碑刻裡。停留較久的則是在「東坡笠屐」的塑像前，只見蘇軾手執詩書，昂頭挺胸，目光炯炯，具有古儋州的平民裝束，又有文人的清雅氣質，蘇軾的詩人精神，將永恆地留在我們心中。

我來踏遍珠崖路
要覽東坡載酒堂

此刻，我的心情跟明代提學張勻並沒有兩樣，我得意地笑笑。麗美與孫小姐純粹陪我而來，對這些詩文碑刻，似乎興趣缺缺。當我全神貫注地欣賞時，幾乎忘了她們的存在。而我除了細心觀賞外，並取出隨身攜帶的紙筆，作了一些簡單的紀錄。

看完東坡書院，我們轉回鄰近的「五公祠」。首先映入眼簾的是一座古色古香的建築物，紅牆綠瓦，飛檐崢嶸，素有「海南第一樓」之稱。

進入五公祠，麗美笑著說：

「剛才在東坡書院讓你看過了吧。現代文人看古代文人，到底是你看他，還是他看你，看了足足兩個小時。五公祠供奉的是歷史人物，就讓孫小姐為你介紹吧。」

我傻傻地笑笑。

孫小姐走近我，微微地向我點點頭說：

「所謂五公，指的是唐代被貶來海南島的宰相李德裕，宋代愛國忠臣李綱、李光、趙鼎、劉銓。五公中，李德裕是唐代一位較有開拓思想的政治家，由於政見不同而發生『李牛之爭』，唐宣宗偏信讒言而將他貶到荊南，次貶潮州，再貶崖州，六十三歲之年卒于貶所。

李綱等四位都是宋代名臣，靖康之難後，李綱是抗金主戰派，但宋高宗聽信投降派而將他貶到澶州。李光也是抗金主戰派，結果遭秦檜陷害，先後貶來吉陽。趙鼎力主抗金，全力支持岳飛，也遭秦檜所害，貶至吉陽。胡銓則於紹興八年，冒死上書請斬秦檜等投降派，結果被貶福州，再貶吉陽。」

「謝謝妳，孫小姐。」她介紹完後，我禮貌地向她點點頭。待孫小姐走離了我們，我輕聲地對麗美說：

「我好像不是來參觀五公祠的，而是來上歷史課的。」

麗美白了我一眼，輕聲地回了我一句：

「別小看人家，海大歷史研究所的高材生。」

所有的旅遊行程，在麗美刻意地安排，以及孫小姐詳細而風趣的介紹下，我們遊覽了「萬泉河」、「東山嶺」、「牙龍灣」、「南灣猴島」，地域橫跨了「興隆縣」、「陵水縣」，而後來到海南最南端的濱海城市——「三亞」。

到了三亞市，我們參觀了那充滿著浪漫氣息的「鹿回頭公園」。麗美卻迫不及待地要帶我到「天涯海角」，我不知道此地風光有多綺麗，但天涯海角這四個字對我並不陌生，麗美重複地不知說過多少次。

我們來到一個沙白水清的海灘上，南面是茫茫的大海，遠遠望去，水天一色，漁舟帆影出沒其間，像似天地盡頭。或許，這就是所謂的「天涯」吧！然而，在那堆怪石嶙峋處，一塊巨大的巖石深深地刻著「海角」二個紅色的大字，也足可讓我們聯想到「天之涯」、「海之角」的由來。

距離海灘的不遠處，在高大的椰子樹下，我們坐在那碧草如茵的地上。孫小姐買來三顆新鮮的椰子，當那清涼爽口的椰汁吸進口裡時，她又以史學家的口吻講起了「天涯海角」的傳奇故事：

「在很久以前，從南方來的海賊，搶掠漁民，霸佔漁船，欺壓得漁民無家可歸，無物可食。有一天，忽然飛來一隻神鷹，在天空展開一雙巨大無比的翅膀，撒下一陣圓石，把賊船砸得粉碎，挽救了漁民。那些圓石至今仍然散亂地留在海灣的沙灘上，成了懲罰海賊的見證。後來人們在那些巨石上題刻『天涯』與『海角』，就開始叫這裡為『天涯海角』。」

孫小姐講完後，也讓我深深地體會到，不管身在任何一個旅遊點，都有它悅耳而動人的傳奇故事。

然而，百聞不如一見，面對湛藍無際的浩瀚大海，聆聽浪濤拍岸的聲響，在椰樹的蔭影下，品嚐海南新鮮的椰汁。看那一對對年輕的男男女女，從身旁走過，我指著他們說：

「麗美，我們也曾經年輕過。」

她微微地笑笑，把手伸了過來，讓我緊緊地握住。突然，她拉起了我的手站了起來，指著大海，以傷感的口吻說：

「陳先生，那就是『天涯』，這兒就是『海角』，不要忘了，在天涯，在海角，我們要互相照顧。」

我把她摟進懷裡，重新握緊她的手，然而，卻握不住溜走的時光，逝去的歲月……。

10

轉眼，來到海口已廿五天了，同行的團友，或許他們已遊完了福州、泉州、廈門而回到家鄉了吧？雖然與麗美重逢值得高興，但也讓我錯失許多旅遊的機會，可是我並沒有因此而感到遺憾。看到麗美每天忙上忙下，還得陪我到處走走看看，實在也有點兒過意不去，甚至想幫點忙也插不上手，倒像是一條寄生蟲，寄生在這豪華的酒店裡，吃、喝、玩、樂！

從天涯海角回來後，我告訴麗美不去通什，也不到文昌。

「為什麼呢？你不是一直想到通什看看『苗族』和『黎寨』嗎？喝了孔宋家酒而不到文昌看看宋美齡的祖居，你可別後悔。」她用警告的語氣說。

「台胞證三十天的觀光期限快到了，以後再去吧！」我低聲地說。

「三十天的觀光期限？」她重複我的語調，疑惑地說：「你有沒有搞錯？」她白了我一眼，順手拿起電話：「商務中心，請查一下台胞觀光簽證一期幾天？」

我清晰地聽到，對方回答是九十天。

「陳先生，你都聽見了吧？是不是海南沒有你留戀的地方？還是有人虧待了你？金門一別就是廿幾年，你只不過住了廿幾天，這幾天當中我們談的只是從前和現在，難道不該談談未來？」她不悅地說。

「未來？」我重複著，內心卻充滿難以言喻的苦楚。

「那年我們認識時，只不過是廿幾歲；今天再重逢，無情的時光卻往前推進了廿幾年。陳先生，人生還有幾個十年廿年？難道你一點也不珍惜嗎？」她高聲地說。

我無言地聆聽她的訓示，不知道要如何向她解釋才好。

「麗美，我必須先回金門一趟，把一些瑣事處理好再回來。」我試著向她解釋。

她久久的沉思，終於說：

「也好。陳先生，不要忘了我們的幸福完全掌握在你的手中。海南的事業不僅是我的事業，也是你的事業，海麗的乖巧你可以看得出來，她身分證上空白的『父』欄裡，正等待著你的名字來填補。」

我神情凝重地點點頭。不錯，在短暫的人生旅途中，彷彿就在昨晚的睡夢裡，更像大海裡的波浪，一波過去又一波，從不為人類留下任何痕跡。可憐的人類，不管你享盡多少榮華富貴，或是沿街行乞，屆時，黃土覆蓋的只是白骨一堆，還能計較什麼？又能企求什麼？

麗美請商務中心為我訂了八月八日中國南方航空公司上午十點，由海口飛往香港的班機，然後轉華航下午一點廿分由香港飛桃園中正機場，每一段行程她都細心地為我計算著；轉機時不必等太久，回到台北天色也不會太晚。她的深情，數學上任何公式都無法計算出正確的答案，而必須用我們的兩顆心才能解題。

距離回鄉的日子漸漸近了，五十餘年的鄉土情懷，我並沒有被甜蜜的日子所蒙蔽。雖然離開它只短短的廿幾天，一份思鄉的情愁卻油然而生，或許，月，真是故鄉圓；水，也是故鄉甜。

麗美為我打點了一切，還買了海南名產：咖啡、胡椒、椰子糖要我帶回送朋友，並由商務中心辦理托運，在中正機場提貨。

「給你一個月的時間總夠了吧？回來時什麼都不必帶，但你那些寶貝書除外。」她再三地叮嚀和交代。

「謝謝妳，麗美，這些年來環境把妳磨練得更堅強，更有見解，處處為別人設想。」我由衷地說。

「少跟我來這一套！」她白了我一眼，一絲得意的微笑同時從她的唇角掠過。而後繼續地說：「九月廿九號我到香港接你，我們先逛逛「海洋公園」，嚐嚐「東方明珠」船上的海鮮。然後轉北京看十月一號天安門廣場的閱兵。長城、故宮、天壇、北海公園、明十三陵都是我們的重點行程。」

「妳那來那麼多時間呀？」我有點懷疑。

「放心，我自有安排。遊完北京，我們到武漢看黃鶴樓、到長江看三峽、到桂林看山水、到重慶看山城、到廈門看金門。」她嚴肅而認真地說。

我輕輕地點點頭，內心卻交織著幸福與痛苦的抉擇。在茫茫人海裡，在這變幻無常的社會裡，我該選擇什麼？一年的中學教育，滿頭蒼蒼白髮，老人的斑紋已在臉上自然地衍生著。難道我該重新讀書，取得傲人的學歷。把髮絲染黑，用虛偽來遮掩一切；用先進的美容劑，把老人斑漂白。才能立足在海南這個現實的社會，才能與麗美美麗的容顏相搭配。險惡的人類啊！你們不是口口聲聲喊著要改革這個不良的社會，要建立一個祥和和完美的社會，為什麼無法取下人類勢利的雙眼？為什麼？為什麼？

11

懷抱著返鄉的興奮心情，但也有幾分離愁。

一早麗美就來幫我收拾行李，所有的舊衣物都不能帶回，竟連旅行袋也換成新的。刻意地把我打扮成上流社會裡的紳士，缺少的可能只剩煙斗和雪茄，任憑你滿腦的四書五經，也抵不過一條繫在頸上的領帶。我能說什麼？能拒絕什麼？只能默默地承受那生命中不可缺少的情誼。

「信封裡裝的是二仟美金，任何銀行都可兌換，也夠你回來的費用。台北飛香港的班次很多，訂好票打電話給我，到時我會到啟德機場接你。」

「麗美，我身上還有錢呀！」我順手取出信封袋，想退回給她。

「我倒要看看你把我當成誰呀！我的安排可能讓你不滿意，但對不起；陳先生，不滿意也得接受，知道嗎？」她重重地拍拍我的肩，笑著說。

服務生把我簡單的行李提到大堂，麗美挽著我，原先掛在脣角上的那絲笑容也不見了，難道真的「是離愁別有一番滋味在心頭」嗎？

來到大堂，海麗走近了我，雙手放在背後，神祕兮兮地問我：

「陳叔叔，你知道今天是什麼日子嗎？」

「今天是叔叔返鄉的日子。」我笑著說。

「錯。」她搖搖手說：「今天是八月八號也是八八父親節，陳叔叔，祝您父親節快樂。」說完後，她把預先準備好的乙份禮物雙手呈獻給我。

「謝謝妳，海麗，我做夢也沒想到。」我由衷地感激著。

「小丫頭，什麼時候把西洋那套玩意兒學來了。」麗美笑著說。

當我正在商務中心與辦公室裡，一一向職工們道聲謝謝，說聲再見時，海麗卻催促我上車。

「謝謝妳，海麗，叔叔也跟妳說聲再見。」我向她揮揮手。

她雙眼緊緊地凝視著我，眼眶終於紅了。而後靠近了我一步，低聲地說：「別忘了，九月廿九號媽媽在香港等你。」一滴淚水終於滾落在她俏麗的臉龐。

我微微地向她點點頭，麗美拉著我的手，悶不吭聲地進入車內，路旁高大的椰子樹，依舊搖曳著翠綠的長葉，海南的天空依舊湛藍。或許，此時無聲勝有聲。

進入候機室，孫小姐已替我辦好登機的各項手續。距離起飛的時間已不遠。麗美的眼眶已紅，她低聲地對我說：

「命運要我們自己來開創，幸福卻掌握在你手中，人生再也沒有幾個十年廿年可等待。請你不要忘了，你是我心中永恆的陳先生，九月廿九香港見，我們將展開邁向幸福人生的另一個旅程！」

我含淚地向她揮揮手，逕自走向證照查驗台，中國南方航空公司飛往香港的班機已在停機坪上等候，我緩緩地踏上登機的台階。回頭一看，那斗大的「海口」兩字中間依然飄著五星旗。剛才湛藍的天空現在則烏雲密佈，難道我甘心在這烏雲下做條寄生蟲？我解開繫在頸上的領帶，虛偽的假紳士不是我該追求的，榮華富貴只不過是繚繞的雲煙，來得快，去得也快。我將在這佈滿荊棘的人生旅途裡，繼續我孤單的行程。

再見，海南島。

海南島，再見。

原載一九九六年九月廿四日至十月五日《金門日報・浯江副刊》

將軍與蓬萊米

1

今天，無意中在報上看到一則訃聞，那是將軍與世長辭的消息。

2

認識將軍，是三十餘年前的事。他中等身材，略顯肥胖，緊身的草綠色軍服，熨燙得平平整整，腰帶上的銅環擦拭得閃閃發光，但黑紗帶並沒有扣緊腰際，而是鬆鬆地滑落在微凸的下腹。稀疏的髮絲採四六分邊，用資生堂髮腊緊緊地黏貼在頭皮上。多皺的臉龐長年掛著一絲微笑，而那份笑，與他那對不正眼瞧人的三角眼相較，並不對稱。從東看來，給人的感覺是皮笑肉不笑；從西一望，不僅奸滑且帶點色，這就是將軍醜陋的臉譜，不是慈祥的容顏。

那年，我任職於金防部政五組，將軍調來政戰部當副主任時，只是一個上校，然估的卻是少將缺。翌年元旦，在各方不看好下，卻風生水起好運來，順利地升了將軍。從台北受階回來後，他刻意地巡視坑道內所有的辦公室，除了接受各組組長和諸參謀的恭賀外，其最終目的當然是要耍將軍的威風，也藉此告訴眾家，他可是與海、空軍副司令官、主任、參謀長、首席副參謀長，砲、後指部指揮官、作戰協調中心總協調官，同是少將官階，一副得意忘形的模樣讓人覺得可笑。雖然此生與將軍絕緣，但在大單位看多了星星，再增加一顆，也就感覺不出有什麼稀奇了。儘管如此，在將軍面前，誰膽敢不畢恭畢敬、立正站好。

將軍督導的雖是一、三、四組和辦理黨務的金城辦公室，然而，他卻是首席副主任，一旦主任赴台公幹或返台休假，座落於武揚營區的政戰部，即由他當家。

將軍並非老廣，卻嗜食狗肉。

將軍酒量不錯，酒品則奇差。

政戰部所有的官兵，幾乎無人不知、沒人不曉。

儘管我們的業務並非將軍所督導，但我還是經常被傳喚，而且每次都與特約茶室有關。將軍除了關心特約茶室的營業狀況外，對於內部情形、人員調動、侍應生票房紀錄……等等，凡涉及到特約茶室的事宜，幾乎無所不問。起初我並不以為意，久了，倒也知道其中的一些蹊蹺，原來，將軍不僅嗜食狗肉，二杯黃湯下肚後，更喜歡到庵前茶室買票尋歡，無形中，對特約茶室的業務也就格外地關心。坦白說，庵前茶室的營業對象原本就是少校以上軍官，有將官願意進去買票，何嘗不是它的光榮，身為業務承辦人，當然是與有榮焉。

據說吃狗肉能強身禦寒，喝狗鞭酒能壯陽補腎，而兩者都是將軍的最愛。若依將軍強壯的身體，又不必養精蓄銳等待反攻大陸，每週到庵前茶室買張票相信是沒有問題的。除了侍應生所得外，金防部又可獲得好幾千塊的福利金，三個月累計下來更是一筆可觀的數字，當我在福利委員會向司令官報告時，絕對會得到肯定和讚揚，但卻不能說是將軍的功勞。

除了公務外，將軍座落於政戰管制室旁邊的辦公室，並不是每位參謀都能隨便進去，也並非想見就能見到將軍不正眼看人的容態。而我卻有幸，在一個酷寒的週末，陪同將軍在武揚文康中心吃了一頓狗肉。在座的還有組長、藝工隊楊隊長、顏小姐以及文康中心管理員劉士官長等人。

「狗肉」文雅一點的稱它為「香肉」。第一次看到這二個字，是一九七〇年初冬，在高雄處理廢金屬品的時候。那天陪同唐榮鋼鐵公司相關人員到十三號碼頭，看完那堆破銅爛鐵已是中午，當我準備回國軍英雄館午餐，經過一棟鐵皮與木板搭蓋而成的違章建築時，遠遠就聞到一股中藥的香味。門外的木板上掛著一塊「香肉上市」的小招牌，早已有人坐在簡陋的桌椅上品嚐著熱騰騰的香肉。然我心裡卻一直在想：香肉到底是什麼肉？看他們一個個吃得津津有味，又隨風飄來陣陣當歸香，的確讓我垂涎三尺。

剛右轉進入五福四路，我隨即又轉回頭，好不猶豫地走進香肉店，在靠牆的一個角落坐下，掌櫃和跑堂的都是上了年紀的退伍老兵。

「老弟，香肉？」

我點點頭。

「要大碗還是小碗的？」

「隨便。」

不一會，跑堂的已為我端來一大碗香肉，我用筷子輕輕地翻攪了一下，除了有好幾塊連皮帶骨的肉品外，湯裡還有少許的中藥材，以及曬乾後再放進去燉的橘子皮。然而，就在我大快朵頤時，卻看見另一張桌下用麻繩拴著二隻大黑狗，正趴在地上啃著骨頭。我放下筷子，目視碗中連皮帶骨的香肉，腦裡卻不停地思索著：或許，我現在吃的正是狗肉，而桌下的狗正啃著同類的骨頭。雖然有點不可思議，但我還是把滿滿的一碗香肉吃完，也同時和狗結下了樑子，每次相遇，不是被吠、就是被追，甚至被咬。

我始終不明白，士官長為什麼捨得把那隻即乖巧又可愛的小黑狗殺掉，烹飪後為什麼不請主任、或者是督導福利業務的副主任來分享，反而請來這位不正眼看人的將軍。難道士官長殺狗是受到他的慫恿？還是投其所好用狗肉來巴結他？詳細的情形我並不清楚，說多了也挽回不了那條狗命。但我還是尋機詢問士官長殺狗的原因，他無奈地告訴我說：「將軍說過好幾次了，殺就殺吧！」

那晚的狗肉大餐，真正的主客當然是將軍。因文康中心隸屬於福利站，士官長好意邀請組長和我當陪客，組長復又邀請藝工隊長和顏小姐一起參加。組長的確是面面俱到，他深知狗肉和酒是將軍的最愛，如果沒有美女來相陪，勢必是美中不足。顏小姐不僅麗質天生、待人誠懇、唱跳俱佳，是藝工隊不可或缺的靈魂人物。組長也知道我和顏小姐很熟，他設想之週到讓我不得不佩服。坦白說，如果沒有她的參與，讓五個大男人共進狗肉大餐，其氣氛勢必會單調點。

我帶了一瓶益壽酒陪同組長來到文康中心，士官長已擺好了碗筷，將軍、隊長和顏小姐也已就座，香噴噴的狗肉很快就端上桌。當我打開瓶蓋為將軍斟滿酒時，他瞇著三角眼，難掩喜悅的形色，順手舉起杯，無視旁人的存在，自己先輕啜了一口，復又東挑西選，盛滿一碗肉質較佳的狗肉，就那麼狼吞虎嚥地吃了起來，只見他一口狗肉一口酒，吃得不亦樂乎。

將軍的酒品早已耳聞，今日有幸親眼目睹他的吃相，的確令人不敢苟同。酒過三巡後，他的嘴唇已粘滿著一層反光的油污，唇角有白色的泡沫在蠕動，酒液沾在微厚的下巴上，時而還用筷子或手指伸入口中，從牙縫中剔出殘餘的食物，然後往桌上一抹，這種噁心的動作，或許只有身經百戰的將軍才能做得出來。而在座的都是他的屬下，誰膽敢說他的吃相不文雅？

將軍已微醺，滿佈血絲的雙眼緊緊地盯著對面的顏小姐。從他帶色的眼神，很快就露出一副令人切齒的豬哥相。

「來、來，坐過來。」將軍瞇著眼，對顏小姐說：「我給妳看看手相。」

顏小姐笑笑，並沒有站起來。

「報告副主任，您會看手相？」隊長有些疑惑。

「老實告訴你，」他指著隊長，「我嘛，十八般武藝樣樣通，手相這玩意兒，只不過是雕蟲小技。」而後轉向顏小姐，「來，坐過來，讓我瞧瞧妳那雙細嫩的小手。」

「報告副主任，我從來不看相的。」顏小姐羞澀地笑著，依然沒有站起來。

「怕什麼？」將軍搓搓手，三角眼一眨，兩道眉毛突然間豎了起來，哈哈地冷笑了二聲，而後得意地說：「我這輩子不知替多少女人看過手相、摸過多少女人的手，簡直是數也數不清啊！來，過來，讓副主任幫妳看看手相，看看什麼時候能找到好婆家。」

顏小姐伸手理理鬢邊的髮絲，尷尬地笑笑。

「妳坐過來，」坐在將軍身旁的組長站了起來，挪出椅子，面無表情地對她說：「不要辜負副主任的一番好意。」

隊長苦笑地搖搖頭。

顏小姐站起身，無奈地走到將軍的身旁，尚未坐穩，將軍已迫不及待地拉起她的手，瞇著一對色眼，仔細地端詳了好一會，而後輕輕地撫撫她的手背，再搓揉她的手心，興奮地對著在座的人說：「你們看看她這雙手，既白皙又柔嫩，我這輩子還沒有摸過一雙像她那麼細嫩、柔軟的小手呢！」

顏小姐收起了笑臉，內心盈滿著一股強烈的不滿和受辱感。她猛而地一掙，把手縮了回來，紅著眼眶瞪了將軍一眼，坐回自己的位置。

「怎麼了，不高興啦？」將軍的豬哥臉一拉，指著自己的領章，板著臉說：「我官那麼大，年紀也一大把了，難道還會吃妳的豆腐！」

「副主任您別生氣，」隊長陪著笑臉，「顏小姐年紀小，不懂事，請不要見怪。」

「一個在康樂隊靠唱歌跳舞混飯吃的女人，有什麼了不起嘛，漂亮的女人我見多了！」將軍雙眼望著天花板，不屑地說：「別高估了自己！」

「你先送顏小姐回隊上。」組長對我說。

顏小姐雖然有些失態，但依然禮貌地向在座的人一鞠躬。我陪她走出文康中心的大門，她就失控地哭了起來。

「別和這種人計較啦！」我安慰她說。

「你沒看見他把我當成什麼啦，難道在康樂隊唱歌跳舞的就不是人？」她傷心地詛咒著，「這隻老色魔，遲早會得到報應的！」

「妳放心，如果他不知節制，喝起酒來三天二頭跑特約茶室，粘著蓬萊米不放，誠然不遭天譴，絕對會有梅毒纏身的一天。屆時，就讓梅毒的毒素慢慢地來侵蝕這隻老豬哥吧！」我有些兒激動地說。

「蓬萊米，」她迷惑不解地問，「誰是蓬萊米？」

「庵前茶室的侍應生。」我向她解釋著說：「她的本名叫黃玉蕉，票房紀錄不錯，很多高官都買她的票，甚至還為了她爭風吃醋、大打出手。我們這位豬哥將軍就是她的恩客。」

「真有這種事？」她疑惑地問。

「我什麼時候騙過妳，」我坦誠地說：「為了特約茶室以及蓬萊米的事，還經常被叫去訓話，有些事我實在不好意思告訴妳。」

「看他那副色瞇瞇的模樣，就知道不是一個正派的人。」

「這年頭不一樣囉，只有這種喜好酒色的人，才懂得逢迎拍馬、求官之道。」

「俗話說得好，善有善報、惡有惡報，只是時辰未到。」她有些暗喜，「總有一天會得到報應的！」

「好了，我就送妳到這裡，」臨近武揚台，我停下腳步，低聲地說：「別把今晚的不愉快放在心上，早點休息，知道嗎？」

「嗯。」她含情脈脈地凝視著我，而後，落寞地向武揚台那盞微弱的燈光走去。

重回文康中心，將軍的怒氣似乎還未消，遠遠就聽到：

「他媽的，什麼玩意兒，只不過是一個唱歌跳舞的，自以為了不起啦，比她漂亮的女人多得是！」

「報告副主任，喝酒、喝酒，」士官長把杯子舉得高高的，試圖化解他的不愉快，「益壽酒喝完後，我床鋪底下還有自己泡的藥酒。」

「什麼藥酒？」將軍精神一振，「用什麼藥材泡的？」

「狗鞭、人蔘、當歸、茯苓、杜仲、巴戟天、五味子、肉蓯蓉，還有鎖陽。」士官長屈指算著。

「為什麼不早說，」將軍急迫地，「快去拿來。」

士官長一轉身，將軍終於露出一絲笑意，順手把杯中殘存的酒喝完，再把酒杯往前一推，期待下一杯狗鞭酒。而喝後是否真能壯如狗鞭，或許，只有將軍的心裡最清楚。

「當了半輩子的官，」將軍斜著頭、瞇著眼，趾高氣揚地對在座的人說：「我既不抽煙、又不賭博，唯一的嗜好就是喝點小酒，吃吃狗肉，替女人看看手相，偶而地到軍中樂園買張票，僅僅這幾點嗜好而已，其他的我一概不沾。」他說著、說著，竟又激動了起來，「我這輩子最討厭那些假惺惺的女人，像藝工隊那位顏小姐，雖然長得不難看，但卻不識相。我只是想替她看看相、幫她解解運，你們說，看手相能不碰手嗎？我只不過輕輕摸了她一下，就不高興啦！她也不睜眼看看，我是堂堂正正中華民國陸軍少將，摸摸她的手是看得起她、抬舉她。老實說，論美艷、論姿色、論氣質，她那一點能比得上庵前茶室那位蓬萊米，每次都把老子服侍得服服貼貼的，這才叫女人！」他說後，突然轉向我，「聽說你跟顏小姐的交情不錯啊，不管是真是假，我都要鄭重地警告你，你年輕、有前途，不要跟康樂隊那些唱歌跳舞的女人混在一起，知道不知道？」

我雙眼凝視著他，沒有做任何的回應。士官長適時取來半瓶浸泡的藥酒，將軍喜悅的神情，儼若見到既粘又爽口的蓬萊米。他拿起瓶子，仔細地端詳了一番，而後興奮地說：「這條狗鞭還真不小，這隻狗少說也有四、五十斤重，是黑狗吧？」

「副主任好眼光，是一隻純種的黑土狗，拴在後面那株芭樂樹下餵養的，連母狗都沒有碰過。這條狗鞭，好就好在這裡，加上珍貴的中藥材，整整浸泡了一年多，喝過後馬上見效，像這種又濕又寒的鬼天氣，少穿一件毛衣也不覺得冷。」

「少穿一件毛衣有什麼屁用，Z」將軍不屑地，「喝過後那話兒管用又能持久才稱得上神奇啊，其他的都是廢話！」

「副主任您一試就知道啦，」士官長笑著說：「我敢保證，喝過後馬上見效，一定能隨心所欲，讓您天天吃蓬萊米而不厭倦。」

將軍樂得哈哈大笑，其他人雖然感到羞愧，但卻懼於他的官階，無奈地附和著他那充滿淫佚的笑聲。

3

黃玉蕉來金門服務已一年多了，憑著她烏黑的大眼，甜甜的笑臉，魔鬼般的好身材，以及年輕就是本錢的優勢，她的票房紀錄在庵前茶室始終沒有人能打破。或許也是基於這個理由，從她初踏上金門這塊土地、被分發到庵前茶室後，就一直沒有把她調動。因此，她所接觸到的，白天都是少校以上的軍官，晚上則是有車、有夜間通行證的高官。黃玉蕉除了年輕漂亮外，據說還有一套異於其他侍應生的謀生本領，大凡嚐過甜頭的客人，彷彿都會被她粘住似的，往後一個個都會成為她的老主顧。上校寧願等少校出來，少將也心甘情願地枯坐在管理員辦公室等候，除非不得已，也不輕率地買其他侍應生的票。

於是，眼紅的侍應生，就為她起了一個綽號，叫——蓬萊米。

坦白說，在六〇年代戒嚴軍管時期裡，金門人吃的幾乎都是生蟲發霉的戰備米，蓬萊米對於一些沒有出過遠門的朋友來說，絕對是陌生的。雖然幾次因公赴台，在友人家吃過，它不僅潔白、米質好，吃起來即Q又爽口，其口感與戰備米相較，簡直是天壤之別。庵前茶室侍應生替她們的同夥命起這個渾名，絕對是褒而不是貶。而蓬萊米這個綽號，也逐漸地蓋過黃玉蕉的本名，讓她在軍中樂園裡，受到百般的寵愛，票房紀錄歷久不衰。

然而，高票房的侍應生，相對地也是高危險群。依特約茶室轉呈上來的會計報表來看，蓬萊米一個月裡，曾經售出近一千五百張的娛樂票，平均一天接客二、三十人次，當然其中有小部分是加班票。儘管侍應生每週一都要做例行性的抹片檢查，三個月必須抽血檢查，但還是不能讓性病完全杜絕。試想，一個一天和幾十位男人性交的侍應生，再怎麼防範，依然防堵不了性病的侵入。然而，倒楣的並非只有侍應生，那些守候在這方島嶼等待反攻大陸，偶而必須到特約茶室解決性事的三軍將士，也不能倖免。雖然好心的軍醫組在每處售票口都張貼「性病防治須知」，教導官兵如何防範性病，但似乎很少人會去信那套：「事前多喝水，事後要小便」或戴上免費提供的「小夜衣」，因此，中鏢的嫖客不分官或兵。

若依常情來判斷，高官中鏢的機率往往會比小兵高，因為侍應生有一對勢利的雙眼，不敢得罪大官。有些高官為了能在侍應生懷裡多一點溫存，會另給小費來博取她們的歡心，以期辦完事後，還能賴在她們床上磨蹭磨蹭。然若依醫學常識來分析，男性在洩完精後，其性器官的抵抗力會較薄弱，這個時候正是病菌侵襲的好時機，它也是高官被傳染的比率會比小兵高的主要因素。而小兵一上床，侍應生就「快一點，快一點」猛催啦。他們辦完事，馬上就走人，甚至部分老實一點的小兵，還提著褲頭，邊走邊扣皮帶環，再順便到露天小便池，撒一泡尿，把殘存在體內的毒素排放出來，如此一來，中鏢的機率當然會減少。

不出所料，將軍終於中鏢了。

並非我幸災樂禍，而是那晚我被叫去訓了一頓，心有不甘。

「特約茶室星期一的抹片檢查，你們有沒有派人去督導啊？」將軍蹺著二郎腿，雙眼看著牆壁問我說。

「報告副主任，依權責由軍醫組派人督導。」我立正站好，表情嚴肅地說。

「如果侍應生賄賂軍醫，不確實檢查，再偽造檢查紀錄來矇騙你們，該怎麼辦？」

「這種事情從未發生過。」

「庵前茶室那位叫蓬萊米的黃玉蕉，有沒有送性病防治中心治療的紀錄？」

「最近幾個星期的檢查紀錄表，好像沒有看過她的名字。」

「我就知道有問題，」將軍突然把頭轉向我，雙眼睜得大大的，「自從蓬萊米到庵前茶室後，我就沒有買過其他侍應生的票。現在好了，我鐵定是被她傳染了，下部紅腫不舒服啊，只好硬著頭皮去打針，而那些蒙古大夫竟沒有檢查出她患有性病。」他說後，用食指指指我，「你回去給我查清楚，是不是有人收了蓬萊米的紅包，擅改檢查紀錄，明知她患有性病而不送醫，還讓她繼續營業，把性病傳染給別人。」

「報告副主任，」我依舊立正站好，竟然不經意地脫口說：「玫瑰多刺，許多長得漂亮、票房紀錄高的侍應生，都是性病的高危險群，您千萬要小心啊！」

「放肆，」將軍瞪了我一眼，「還要你來教訓！」

我無言以對，雙眼目視著他。

「對於性病防治這方面，你們承辦單位要嚴加把關，不要凡事往軍醫組推，官兵的身體比什麼都重要。」將軍的口氣緩和了許多，「我官那麼大，萬一被傳染到，只要到尚義醫院打打針就沒事了，其他官兵那能像我那麼方便。」

「我們在特約茶室的每一個售票處，都張貼著『性病防治須知』的警告牌，買票的官兵只要遵照它的警語行事，被傳染的機率會降到最低。」

「裡面說些什麼？」

「歸納出來，最重要的有二點，其一是戴小夜衣……」我尚未說完。

「男人戴那種東西，還有什麼快感可言，不覺得太無趣了嗎？」

將軍搶著說，而後問：「還有呢？」

「事前多喝水，事後要小便。」

「是誰說的？」

「軍醫組。」

「胡謅，」將軍不認同，「喝一肚子水，鼓著脹脹的小腹，不覺得難受嗎？像我這種將級軍官，又怎麼能和那些校官一起站在露天廁所小便。」

「其實到了特約茶室，就不必再分官階了。」我不客氣地說：「彼此都是去買票，又得按先後順序，少校出、將軍進的情況經常會發生。為了排除殘存在尿道裡面的毒素，和那些校級軍官站在一起小便，並沒有不妥啊，除非不怕性病纏身！」

「你的經驗還蠻豐富的嘛，」將軍非但沒有生氣，反而問我說：「你到茶室買過票沒有？」

「沒有。」我的臉頰一陣熾熱，坦誠地說。

「年輕輕的，千萬不要學壞。」將軍露出一絲難得的笑意，「如果發現蓬萊米的檢查紀錄，蓋上陽性反應的話，要趕快告訴我，好讓我心裡有一個準備，到時不戴小夜衣還真不行呢。知道嗎？」

「是的。」我畢恭畢敬地答。

「你是知道的，副主任這輩子沒有什麼嗜好，僅僅酒、狗肉和女人這三樣。其他的，一概不沾。」

「既然副主任喜歡此道，又怕性病纏身，為什麼非要找蓬萊米不可呢？依她的售票紀錄來看，平均一天接客三十幾人，那麼高的接客率，想不染病也難啊！」我說著，卻也深恐他生氣，趕緊轉換話題，「其實特約茶室每航次都有新進的侍應生，年輕姿色較佳的都優先分發到庵前茶室，副主任可以另外找一個，何必讓蓬萊米給粘住。」

「你年輕、又未婚，不懂得女人之奧妙。」將軍一改先前的嚴肅，含笑而得意地說：「蓬萊米不僅人長得漂亮，服務態度好，全身上下更充滿著濃郁的女人味，我這一生玩過的女人不知凡幾，就是沒有碰到一個像蓬萊米那樣令我滿意的。我已交待過庵前茶室管理主任，不能把她調走。你也要幫我留意一下，找機會給金城總室劉經理打聲招呼。畢竟庵前茶室的環境較單純，那些管理員和我也熟了，每次看到我來，都會主動幫我安排，免得我跟著那些小官去排隊買票。聽清楚了沒有？」

「遵照副主任的指示。」我說後，故意收腿立正，不屑地看著他。

「少跟我來這一套，」將軍眯著眼，望著白色的牆壁，回復到不正眼看人的本性，「你的一板一眼福利單位沒有人不知道，但如果想跟我作對的話，倒楣的絕對是你，而不是我。你要給我搞清楚，別以為我管不了你們政五組！」

「副主任的命令，政戰部有誰敢不服從的。」我話中含著一絲兒輕視。

「知道就好！」將軍已聽出我的口氣，不悅地說。

4

將軍在台灣有家眷，已是眾所皆知的事。然他在金門所作所為，除了台灣的妻室被矇在鼓裡外，防區的最高指揮部又有誰不知。雖然主管保防業務的政四組由將軍所督導，但政四所屬的「一〇一工作站」與「反情報隊」，倘若蒐集到不利於將軍的情資，依然可以越級直達「主任辦公室」和「司令官辦公室」。因此可想而知，主任和司令官不可能不知道將軍經常到庵前茶室嫖妓的事。然而，將軍是在下班時，循著正常的管道，到庵前茶室找蓬萊米的。儘管他運用特權，事先沒有排隊買票，但事後卻依規定補了票價較高的「加班票」，並沒有違法之處，任誰也奈何不了他！除非司令官下令把特約茶室關閉，或另以行政命令規定將軍不能到特約茶室娛樂。這二種理由畢竟太牽強了，它或許也是讓將軍有恃無恐、公開進出庵前茶室找蓬萊米的主因。

人的心理有時是很奇怪的，政戰部有些參謀，明明知道蓬萊米是將軍的老相好，卻故意到庵前茶室買蓬萊米的票。到了禮拜天，甚至還要搶在將軍的先頭，回來後再相互地談論上床時的心得和所見所聞，以及蓬萊米散發出來的稻米香。最後共同的結論是蓬萊米不僅人長得美、粘度也夠，小弟弟進去後更如航行在金烈海域的武昌一號，讓人有飄飄欲仙、神魂顛倒之感，稍不留意還會迷航呢！難怪將軍會不計毀譽，迷戀她的美色不厭倦，並非是沒有理由的。

　　自從山外茶室發生槍殺案件後，為了防止再次發生類此事件，我們經常在晚間會同相關單位，針對特約茶室營業時間終止後，是否澈底清場，做不定期的突擊檢查，以防止不肖員工和侍應生勾結，讓少許帶有夜間通行證的官兵，私自在裡面逗留，衍生出一些難以防範的事端。

　　那晚，我們從成功、小徑、金城一路檢查到庵前茶室，在管理主任辦公室裡，巧而，碰到了將軍。

　　將軍坐在老舊的沙發上，蹺著腳，品著香片茶，依他浮躁的心情來看，可能已等了一段時間。

　　「副主任好。」我舉起手，趕緊向他敬禮。

　　「你們來幹什麼？」他目視著前方，把腳蹺得高高的，而且不停地抖動著。

　　「報告副主任，來瞭解一下結束營業後，他們有沒有澈底的清場。」我禮貌地回答，竟順口說：「還沒輪到您啊？」

　　「媽的，」他把蹺起的腳放下，看看腕錶，「不知道是那一個龜孫子，搞那麼久還不出來，讓老子足足等了好幾十分鐘。」

「報告副主任，現在賣的是加班票，時間可能會延長一點，您不是有夜間通行證嗎，多等一會沒關係啦，蓬萊米會補償您的。」我笑著說，諒他也不好意思生氣。

「通行證有個屁用，」他不屑地瞪了我一眼，「你們不是來執行清場的嗎？等一下時間一到，連我這個將軍都會被你們趕出去！」

「誰敢，」我淡淡地笑笑，「沒人有這個膽量啦。」

「諒你們也不敢！」他神氣地說。

邱管理主任適時地走進來，向將軍哈腰敬禮。

「報告副主任，蓬萊米已接完客，房門已打開了。」

將軍精神一振，快速地站了起來，順手摸摸頭、理理髮絲，而後逕自走出門外。正巧，一位手拿鋼盔、腰繫S腰帶的軍官，緩緩地從蓬萊米房裡走出來，將軍一眼就認出他是政一組的張少校。

「你到這裡幹什麼？」將軍高聲地問。

「報告副主任，查哨。」張少校有點慌張。

「來特約茶室查哨？」將軍疑惑地，「你有沒有搞錯？」

「不，不是的，」張少校搖了一下手，緊張地說：「查哨的時間還沒到，剛好路過這裡，順便來買張票。」

「這裡漂亮的小姐那麼多，她們的票你不買，為什麼偏偏買蓬萊米的票？」將軍指著他說：「難道你不知道我們是老關係，是不是存心和我搗蛋！」

「報告副主任，我向來都是買蓬萊米的票啊，」張少校解釋著說：「我又不知道您在外面等。」

「買她的票動作也要快一點呀，在裡面窮磨窮磨，磨什麼東西，讓我足足等了四十分鐘。」將軍氣憤地瞪了他一眼，而後揮揮手，「趕快去查哨！」

「是。」張少校舉手向他敬禮。

將軍進房後，張少校神情落寞地走到我身旁，我拍拍他的肩，開玩笑說：

「貴官真是『色膽包天』啊，竟然比將軍『先進』，你這輩子在軍中的前途，鐵定是『無亮』了。」

「他媽的，我以為這麼晚了，不會遇見熟人，先來買張票再去查哨，想不到竟碰到鬼。」他有些在意地，「真是倒了八輩子的楣！」

「別太在意啦，」我安慰他說：「按規定買票，又不是白嫖；他能來，你為什麼不能來？」

「話雖不錯，」他依然有些顧慮，「和他相處已不是一天二天了，政戰部誰不知道他的為人。沉迷酒色的長官，心胸不僅狹小，手段也格外地毒辣。」

「沒那麼嚴重啦，了不起到他辦公室去聽聽訓。」我不在乎地，「不怕貴官您見笑，為了特約茶室和侍應生的事，我是經常被叫去刮鬍子的。」

「你們的業務，不是石副主任督導的嗎？」他不解地問。

「人家是將軍，官大。」我帶點嘲諷，「外表看來一副無精打采的樣子，但一喝起酒、吃起狗肉、談起女人，精神就來了。如果我沒猜錯，他對自己督導的業務一定不感興趣，只有特約茶室才是他最關心的，主任應該讓他督導政五組的業務才對。」

「媽的，看見我買蓬萊米的票就不高興啦，真是小鼻子小眼睛。」他有些憤慨，「有家有眷的人，還經常跑特約茶室，粘著人家蓬萊米不放，比我們這些王老五還不如、還低賤！有種就把她娶回家當小老婆，以後就沒有人會跟他爭了。」

「貴官也不要太高興，」我笑著提醒他說：「蓬萊米雖然好吃，但吃多了，也會有消化不良的副作用，別中鏢了！」

「這點老弟你放心，」他得意地說：「我二十幾歲出來當兵，跑遍台澎金馬的軍中樂園，從來沒有中過鏢。」

「將軍就沒像你那麼幸運囉。」

「什麼，」他興奮地，「他中鏢了？」

「被蓬萊米傳染的。」我有點兒多嘴。

「你怎麼會知道？」他訝異地問。

「難道你不知道，將軍是我的『知交』啊！」

「原來你們同流合汙啊，」他指著我笑笑，而後嚴肅地說：「老天有眼，一個有妻室的人，還沉迷於侍應生的美色，真是罪有應得。」

「好了，別再扯啦，」我提醒他，「趕快去查哨，待會兒將軍出來，看到你還在這裡，絕對會挨刮的！」

「他會那麼快辦完事嗎？」張少校反問我，而後低聲地說：「蓬萊米曾經偷偷地告訴我，將軍不僅名堂不少、花樣也多，二杯黃湯下肚後，還會有一些下三流的變態動作。坦白說，蓬萊米雖然是一個妓女，但也有人格和尊嚴，為了能在這裡討生活，不得不屈服於將軍的淫威。今天我倒要看看你們如何清場，如果時間一到，能準時把將軍請出去，那便是英雄；倘若不能，就是狗熊！」

「法令與特權永遠處在二個不同的極端，」我無奈地笑笑，「這點我認了。」

「沒種，對不對？你這個承辦人，簡直都是狗熊！」他與奮地拍了一下手。

「別得意，定論也不要下太早，誰是真正的狗熊還是一個未知數。」我淡淡地笑笑。

不久，張少校的身影已從武揚營區消失，他的新職是烈嶼守備區旅政戰官。儘管他有完整的學經歷，佔中校缺的希望很大，然而，將軍督導的是一、三、四組的業務，政戰人事歸政一，只要他一句話或一張小紙條，想把一位看不順眼的少校平調出去，簡直是易如反掌。總而言之，張少校千不該、萬不該，不該在蓬萊米那張咭吱有聲的床上當「先鋒」，而且「作戰」時間也太長，復又博起「革命」感情。是否因此而激怒將軍，抑或是另有其他因素，或許，只有將軍清楚、老天知道。

5

特約茶室連續幾個航次，來了好些年輕貌美的侍應生，依規定必須先分發到庵前茶室，除了汰舊換新、彌補缺額外，並由金城總室依權責，把一些在同一個地點，服務時間較長的侍應生，做例行性的調動，讓官兵有一份新鮮感。而在這一波調動中，蓬萊米被調到山外茶室軍官部，我是看到金城總室報請核備的公文才知道的。雖然將軍曾經交待不得把她調動，但其權責在金城總室，並有先調動再報備的明文規定，過於干涉或關說，實有失上級單位之原則。但我自己也知道，要有挨刮的心理準備。

然而，一天、二天，三天、五天過去了，依然不見將軍傳喚我去聽訓的動作，心中暗自慶幸，莫非將軍法外施恩、不再追究，或者是他另結新歡，早已把蓬萊米忘掉？無論是基於什麼理由，對我來說，都沒有什麼義意，只要不找麻煩就好。可是，一切並不如我想像的那麼單純，原來將軍返台休假，十天假期屆滿後又回來了。

那晚，我步上政戰管制室陡峭的石階，心情格外地沉重，並非怕挨罵，而是對將軍的人格產生極大的懷疑。堂堂一個中華民國陸軍少將，竟然會有如此的行為、糜爛的私生活。這種將軍，或許早已失去革命軍人的軍魂，一旦反攻大陸的號角響起，是否能和敵人做殊死戰？還是躲在蓬萊米的懷裡，做一隻縮頭烏龜？

「報告。」我在門外喊著。

「進來。」將軍的聲音震耳、難聽。

我在他的辦公桌前立正站好。

「我不是交待過你，不要把蓬萊米調走嗎？」將軍坐在藤椅上，面向壁，怒目斜視著我。

「侍應生調動的權責是金城總室，」我深恐激怒他，低聲而禮貌地說：「可能是最近幾個航次，新進了不少年輕、姿色較佳的侍應生，才會暫時把她調動。」

「你睜大眼睛看看，蓬萊米她老嗎？姿色難看嗎？」將軍激動地，「我官那麼大，不僅沒有嫌棄過她，反而讓我沉迷，那些少、中、上校軍官還會看不上眼嗎？」

「特約茶室調動的命令已經發佈，侍應生也按規定到新單位報到了，下一次找機會再把她調回去吧。」我低聲低調地說。

「你們擺明和我作對！」將軍怒氣沖沖、聲音高亢。

「報告副主任，誰膽敢和您作對，」我有點氣憤，但馬上又回復到低調，「為了調動一位侍應生，讓您生那麼大的氣，實在感到羞愧。坦白說，山外茶室距離這裡很近，以後您不是更方便嗎？」

「方便個屁！」將軍轉頭狠狠地瞪了我一眼，「山外茶室軍官部人多又複雜，去買票的都是一些小尉官，我是少將耶，」他指指領上閃閃發光的星星，「你睜大眼睛看看，我是少將、我是將軍呀，怎麼好意思去跟那些小官爭先後。」

「副主任您還是可以採用老方式啊，」我為他出點子，「跟以前到庵前茶室一樣，先在管理員辦公室等候，再請他們替您安排，不就行了嗎？」

「我不是告訴過你，山外軍官部人多又複雜。你動動腦筋想想看嘛，蓬萊米人長得那麼漂亮，服務態度又好，將來一定會有很多人買她的票。而那些小尉官，都是一些沒讀過什麼書的人，懂得什麼衛生常識。這一下好了，讓她被那麼多人搞，不得性病才怪！」將軍憂慮地說：「一旦得到性病，還會傳染給別人，你知道不知道？」

「革命軍人上前線，刀槍大砲都不怕，相對地，敢到特約茶室買票的人，那會怕性病纏身。」我故意說。

「你不要強詞奪理，盡說些風涼話！」將軍不悅地。

「我是實話實說，」我辯解著，也企圖給他一點小小的難堪，「副主任您不是也中過鏢嗎，現在不也沒事了。」

「你知道我吃了多少藥、打過多少針？甚至不敢回台灣休假，怕傳染給我太太。」

「既然怕，就不要……」我不敢把「去」字說出口。

「你年輕又還沒有結婚，不懂！」他非但沒有生氣，反而轉頭對我說：「男女床笫間的事，不僅神奇也奧妙。我是一個有品味、也注重情趣，性慾又強的男人，偏偏我的太太她冷感、不懂情趣，長得又難看，每次在一起，幾乎讓我沒有性慾可言。人生嘛，如果在這一方面不能滿足自己的需求，再多的金錢、再大的官，活著也沒有什麼義意。」

「這就是您到特約茶室的最大理由？」我大膽地問。

「坦白說，從事這種行業的女人，她們懂得如何讓男人盡興。尤其是蓬萊米這個小女子，她不僅漂亮、豐滿，懂得情趣，更有一套不易在其他女人身上找到的好功夫。你說說看，如此的一個女人，能讓我不傾心嗎？也只有像她這樣的女人，才能滿足我的性需求。」將軍說著說著，又把頭轉向牆壁，「今天，你們把她調離了庵前，往後只會造成我的不便，你要交待金城總室，快一點把她調回去，知道不知道？」

「是。」我不敢怠慢。

「我這個人嘛，一向是奉公守法、盡忠職守、任勞任怨替國家做事，別的不良嗜好我全沒有，單單只喝點小酒，吃吃狗肉，玩玩女人而已。這些事主任、司令官甚至總司令全都知道，他們又能把我怎樣，我少將還不是照升。」將軍用警告的語氣，「今天找你來，是想和你溝通溝通，並不是求你，這點你要搞清楚！雖然你們五組的業務不是我督導的，如果想找你們的碴，辦法多得是！」將軍說著，突然把話鋒一轉，「政一組張少校怎麼走的，相信你是一清二楚。那晚你不是也在場嗎，查哨不查哨，還要先到軍樂園買張票；裡面十幾位小姐不找，偏偏買蓬萊米的票，讓我枯等一個晚上。這種不識相的參謀，不管他辦事能力有多強、學經歷有多麼完整，我是不會看在眼裡的。」

「張少校在裡面辦事，怎麼會知道您在外頭等。」我鼓起勇氣，替他抱不平。

「他整整搞了人家一個多鐘頭，如果人人像他那樣，蓬萊米受得了嗎？」將軍心中萌起一股強烈的同情心。

「那天我們到庵前茶室看清場，副主任您不也是在蓬萊米房裡，待了一個多小時。」我笑著說。

「我是少將，他是少校，將校能相比嗎？」將軍不悅地。

「同樣是庵前茶室軍官票，並沒有將校之分。」

「渾蛋，」將軍怒氣沖沖地拍了一下桌子，「你存心和我抬槓是不是？我一生為國盡忠、為國效勞，特約茶室每個月發給我幾張免費慰勞票也不為過啊！我花錢買票，好不容易找到一個老相好，你們卻偏偏和我作對，把她東調西調，搞什麼嘛！」將軍憤而地站起，猛力地把手一揮，「出去，限你十天內把蓬萊米調回庵前，要不然的話，大家就等著瞧！」

我抬頭看了他一眼，忘了應有的禮貌，轉身就走。步下管制室的石階，我不斷地反覆思考，如此之長官，是否值得我們尊敬？這種沉迷於酒色的狗肉將軍，其人格已蕩然無存，早已失去革命軍人的英雄本色，是時代的悲哀、抑或是國家的不幸？相信不久的將來，就能獲得答案。

6

一個月匆匆過去了，我並無懼於將軍的淫威，充分尊重金城總室對侍應生的調配，蓬萊米依舊在山外茶室軍官部營業，我依然辦我的福利業務。雖然將軍要我等著瞧，我亦不敢怠慢和放肆，時時刻刻、隨時隨地等著將軍來「瞧」，但始終沒「瞧」出什麼，讓將軍失望透頂。

有一天，西康二號總機小姐，轉來一通將軍要找我的電話。

「報告副主任。」我禮貌地說。

「有點事請你幫忙。」將軍的聲音，竟是那麼地和靄可親。

「報告副主任，您請吩咐。」

「蓬萊米她母親死了，急著要回家奔喪，你快一點幫她辦理出境手續。」

「我馬上和金城總室連絡，請他們快一點把出入境申請書送過來。」

「辦好了通知我一聲。」

「是。」

將軍先前的官聲官調已不見，我心中高興了好一陣。收到蓬萊米出入境申請書，我立即擬好會辦單，經過組長蓋章後，親自到政四組會稿，而後行文請第一處為她辦理「先電出境」，並電話向將軍報告。

「你想想辦法幫她排機位。」將軍以命令的口吻說。

「排機位？」我默唸著這三個字，剎那間傻了眼。

「人家母親死了，夠傷心啦，難道你們承辦單位就不能發揮一點愛心，替她想想辦法，幫她排排機位，好讓她早點回去奔喪！」將軍的語氣有點怪，彷彿死的是他母親。

「報告副主任，從來沒有侍應生坐飛機的案例。」我據實稟告。

「你們這些死腦筋，」他急促地，「無例要開例啊！」

「政四組絕對不會在搭機三聯單上蓋章的！」我有些激動。

「你要去協調、要去想辦法啊！」

「報告副主任，」我深吸了一口氣，「關於這點，我實在沒有辦法可想。」

「要你們這些飯桶參謀幹什麼！」他「卡」地一聲，把電話掛斷。

「莫名其妙！」我放下電話，氣憤地說。

「怎麼啦？」組長適時走進辦公室，關心地問。

「副主任竟然要我們替那位叫蓬萊米的侍應生排機位。」我依然氣憤難消。

「官那麼大，盡說些沒知識的話，不要理他！」組長不屑地說。

組長可以不理他，但我能嗎？不理也得理，不想接他的電話也得接，這是一個業務承辦人的無奈。畢竟，他是將軍。

「蓬萊米搭飛機的事，簽好了沒有？」第二天，將軍又打電話來關切。

「報告副主任，還沒有。」我坦誠地說。

「我已經向政四組打過招呼了，你趕快簽會他們，好送運輸組幫她排機位。」

我停頓了一下，沒有即時回應他。

「聽清楚了沒有？」他大聲地問。

「是！」我氣憤地掛斷電話。

儘管有滿懷的不悅，但這件事不做一個明快的處理也不行。坦白說，將軍督導的並非福利業務，許多事情幾乎都在狀況外，而卻處處以官階來關說和施壓，這是一個參謀人員最感苦惱的地方。於是我毫無考慮地在簽呈上寫著：

主旨：為侍應生黃玉蕉搭機案，簽請核示。

說明：一、奉副主任牛將軍指示辦理。

二、經查，特約茶室侍應生往返台金，均乘坐軍艦，從無搭乘軍機之案例。山外茶室軍官部侍應生黃玉蕉（綽號：蓬萊米）因母喪，奉副主任指示為該生安排機位，俾便其返台奔喪乙節，核與本部官兵搭機辦法不符，倘若破例准其搭乘，實有不妥之處。

三、復查黃生在金服務期間，部分軍官因迷戀其姿色難以自持，時有爭風吃醋、爭吵毆鬥之情事發生，徒增管理之困擾。

擬辦：一、黃玉蕉搭機部分，因礙於法令，擬由組長許上校親向副主任稟報。

二、為防範未然，黃生先電出境後，擬同時解雇，並飭令金城總室遵照辦理。

三、恭請鑒核。

擬好簽呈，我同時加會了承辦保防業務的政四組，以及承辦軍紀監察業務的的政三組，除了獲得他們共同背書外，並在核判區分欄的司令官處打勾，也就是這份公文必須由司令官批示。

如依公文處理程序而言，顯然地，這份簽呈只要主任批示即可，我稟呈司令官的主要目的，是讓各級長官更深一層瞭解將軍的作為，也是我存心讓他難堪的自然反應，如此地出其不意，或許是將軍始料未及的。

司令官很快地在簽呈上批了「如擬」二個字，我拿著卷宗一陣暗喜。俗語說：天外有天、人外有人，但何嘗不是官上有官呢？如純以公務來說，倘使我有任何的疏失或過錯，儘管我們的業務不是將軍所督導，我依然願意接受他的糾正。然而，為了一個侍應生，他卻拋棄了將軍的尊嚴，不僅和屬下爭風吃醋，且獨斷獨行、無理要求，的確令人感到悲哀和失望。

7

蓬萊米搭機不成，又遭受解雇，將軍當然知道是我從中作梗。然我並無懼於他，也藉此讓他知道我絕不接受無理的關說和脅迫。實際上將軍應該感謝我，倘若繼續泡在蓬萊米那個無底的深坑裡，久而久之，潛伏在體內的梅毒勢必會擴大感染，由初期衍生到不可收拾的末期，讓挺直的鼻樑凹陷，讓那話兒紅腫潰爛變形，屆時，並非到尚義醫院打上一針就可了事的。但這似乎是我的多慮，將軍自己都不怕，我們又何必替古人擔憂呢？從此之後，將軍就未曾傳喚我去聽訓，亦未曾接過他任何關說或指示的電話。或許，除了蓬萊米之外，將軍是不會再找其他侍應生的；而若依常情推測，像他這種好色之徒，絕對忍受不了寂寞。難道他正暗中尋找一位能取代蓬萊米的貨色，好滿足他飢渴的性慾。

在得知蓬萊米返台奔喪、不能再回金門後，將軍曾試圖透過福利中心主任以及特約茶室經理，看看是否還有轉寰的餘地，好讓蓬萊米留在金門，繼續為勞苦功高的三軍軍官服務。然而，司令官的命令誰膽敢反抗不服從？儘管蓬萊米有傲人的姿色，異於其他侍應生的技巧，讓將軍陷入她美麗的旋渦而不能自持。但這裡是戰地金門、反攻大陸的最前哨，將軍的所作所為、一言一行，司令官可說瞭若指掌。

如果他的行為再不檢點，嗜酒好色的本性依然，以軍中嚴明的紀律、長官的睿智，能矇過一時，也騙不過永遠，走遍大江南北的將軍，焉有不知情之理。然而，他的良知已被酒色矇蔽，心想的再也不是古厝牆壁上那一句句鏗鏘有力的口號，而是酒、狗肉和女人。

在戒嚴軍管時期，軍方除了披著一層神秘的面紗外，又築有一道平民百姓難以跨越的圍籬，善良的島民始終認為：高官除了官大學問大，更有高人一等的品德和才華，但仔細地觀察，卻也不盡然。表裡不一的高官比比皆是，一些曾經身歷其境者，只是恥於揭開他們虛偽的面目，並非全然不知情。儘管軍中臥虎藏龍、人才濟濟，大部分將官都是身經百戰、文武兼備的將領，但亦有極少數品德不端、不學無術，僅懂得逢迎拍馬、求官之道的軍中敗類，與此時的社會形態並沒有兩樣，可說是見怪不怪。

終於，將軍調職了，出乎許多人預料，竟然是高升。有人說他懂得逢迎拍馬、求官之道；有人說他後台硬、靠山高。不管如何，他即將離開武揚營區是鐵般的事實，政戰部大部分官兵都拍手稱快，絕對不是為了他的高升，而是恥於和這種長官共事。因為，保防、軍紀、監察均隸屬於政戰體系，政戰幹部亦被譽為是軍中楷模，豈能容許少數敗類在裡面胡作非為。儘管他官大，一時奈何不了他，但終究有踢到鐵板的時候，只是時辰未到而已。

俗語說：天有不測風雲，人有旦夕禍福，世事的變化的確讓人難於想像。將軍新職位尚未坐穩，卻又被調到國防部屬下的一個委員會，擔任不必天天上班的委員。若依軍中的體制和倫理而言，此次的調動，可說是將軍官場生涯、軍中生活的終結。將軍不知是遇到貴人，還是夜路走多了撞見鬼。針對這件事，小道消息有不少的傳聞，而較可靠又令人信服的一則是：某天，將軍參加一個宴會，酒過三巡後，隨即原形畢露，在眾人目光炯炯之下，竟然拉起某年輕貌美夫人的手，要為其看手相。起初大家並不為意，只見將軍睜著一對色瞇瞇的眼，緊盯著人家的胸部，帶有腥味的手在她的手心手背輕揉細搓，復又黃腔色調，漫無節制，看得諸夫人們花容失色、驚惶不已。在座的人眼睜睜地看著將軍的醜態，但卻敢怒不敢言。恰巧，其中有某總司令夫人的知交在座，當場嚴辭斥責將軍的不是，又義憤填膺地在總司令面前告了一狀。將軍再硬的後台，那有總司令的後台硬；再高的靠山，也沒有上將的靠山高。因此，不得不俯首認罪、四處求饒，但卻為時已晚，先調委員再飭令退伍已成定局。於是，肩上的星光不再閃爍，呼風喚雨的神情不再。酒、狗肉、女人成就了將軍的美夢，但也終結了將軍的一生。

8

而今，將軍已蓋棺，即使活著時有：「是非成敗轉頭空」的怡然心境，但凡走過的必留下痕跡，爾時的情景歷歷在目，其功過與是非，就留給史家來定奪吧！

原載二〇〇五年四月二十七日至五月八日《金門日報．浯江副刊》

老毛

1

老毛是陸軍運輸上士江中漢的的綽號。只因為他人長的矮胖，滿臉橫肉和落腮鬍，腦勺子又特別發達，頂上粗密的頭髮喜歡往後梳，軍帽一脫就自然地分了邊。雖然他與對岸的毛主席扯不上任何關係，但容貌卻有幾分相似。起初大家都叫他毛澤東，然而，在兩岸軍事對峙的那個年代，在「反共抗俄、殺朱拔毛」的聲聲口號中，叫他毛澤東的確有點兒刺耳和沉重。於是，大夥兒就改叫他老毛，想不到老毛老毛一叫就是三十幾年，幾乎快忘了他原來的名字。

老毛是「太武守備區」指揮官、陸將軍的駕駛。坦白說，太武守備區是一個臨時編組單位，指揮官雖然貴為少將，但整個指揮部包括指揮官，二位參謀，文書兼傳令以及駕駛，只有少得可憐的五個人。陸將軍原是第八軍副軍長，他是隨軍部輪調到金門、配屬金防部的。軍長成了防衛部副司令官，軍參謀長、主任、科長成了各該單位的副座。三位副軍長或許沒有適當職位可安排，一位當了「作戰協調中心」總協調官，一位是「研究發展委員會」主任委員，另一位是「太武守備區」指揮官。他們除了人員少外，幾乎沒有什麼業務可辦，不像一般處組那麼忙碌。身為指揮官駕駛的老毛，當然就落得輕鬆優閒了。

老毛是民國三十八年隨軍撤退到台灣的，復又隨部隊多次輾轉金馬外島，十餘年來已三臨金門，駐紮的時間前後長達七年之久，可說是老金門了。若依年齡來說，那些充員戰士，喚他一聲叔叔並不為過，然而，大家都習慣叫他老毛，聽在耳裡他並不以為忤。除了會開車外，他對烹飪也頗有心得，沒事時，經常地在他獨居的小碉堡裡，用煤油爐煮些吃的打打牙祭，再喝點小酒解解思鄉之愁。和許多北貢兵一樣，偶而地會到特約茶室買張票，除了和侍應生短暫的溫存外，也同時解決壓抑的性慾。日子雖然過得逍遙自在，但經濟卻不太寬裕，似乎沒有在異鄉落地生根、成家立業的打算，一心一意等待反攻大陸回老家見爹娘。

在這個防區最高司令部裡，各單位除了文書、傳令、駕駛外，清一色都是官。而老毛只是一個上士駕駛，跟那些高高在上的參謀們並沒有什麼好聊的，與那些嘴上無毛的小兵也沒什麼話可說，惟獨獨與一位受聘於軍方的金門青年老陳無所不談。

老陳是金防部直屬福利站的主管，並在政五組兼辦防區福利業務，他有金門青年的純樸和敦厚，雖然兩人的年紀懸殊，但卻沒有任何的隔閡和代溝。他深知老毛離鄉背井、拋妻別子，追隨蔣總統、跟著國軍南征北伐，而後撤退來台，復在這個小小的島嶼等待反攻大陸回老家。

儘管他的家在一水之隔的對岸，但想踏上那塊土地，似乎是一個遙不可及的夢想，因此，一份憐憫之心油然而生，倘若老毛在經濟上遇到了困窘，只要一開口，在能力範圍內，幾乎從未讓他失望過，其他的小事更不用說了。而老毛並非是一個需索無度的人，他重義氣、講信用，從不輕率地求人，且借的都是些應急的小錢；「有借有還、再借不難」更是他一生的堅持。

當然，一旦老陳需要用車請他幫忙時，他從不推辭，總會想盡辦法給他方便。也因此，讓這份友誼在他們深心中自然成長，爾後是否能歷久不衰、恆久不渝，就讓歲月來考驗他們的真誠吧。

陸將軍返台休假的第二天，恰好是老毛的生日。他在碉堡裡用煤油爐燉了一小鍋紅燒肉，煮了一小盆陽春麵，開了一罐軍用鰻魚罐頭，備了一瓶紅標米酒，誠懇地邀請老陳同來小酌一番。

「老毛，」老陳帶了一瓶剛從物資供應處批來的壽酒，在碉堡外高聲地嚷著：「生日快樂！」

「快進來，快進來。」老毛在碉堡裡急促地回應著，當他看見老陳手中帶著一瓶酒時，不好意思地說：「幹麼那麼客氣？我這鍋肉、這盆子麵也值不了你那瓶酒。」

「一本『煙酒配貨簿』才配到二瓶壽酒，」老陳把酒放在那張擺著菜餚的克難小桌上，笑著說：「難道你忘了好酒要與好友共享？尤其它是一瓶特製的壽酒，喝過後保證你和蔣總統一樣——福如東海、壽比南山。」

老毛笑笑，而後相繼地坐下。老陳扭開瓶蓋，在彼此的碗中各倒了一些酒。

「來，」老陳拿起碗，對著老毛說：「生日快樂。」

「謝啦。」老毛輕啜了一口酒。

「如果沒出來當兵，你在大陸老家或許已是兒孫滿堂了。」老陳淡淡地說。

「可不是，我結婚早，出來當兵時兒子已經三歲了。」老毛低下頭，看著碗中酒，感嘆地說：「時光一晃，二十年過去了，誰曉得他們是生是死。」

「吉人自有天相，說不定你已當了爺爺而不自知。」老陳安慰他說。

「那有那麼好的命喲，搞不好早已被共產黨清算鬥爭殺了頭！」

老毛搖搖頭，苦澀地笑笑。

「沒那麼嚴重啦，」老陳拿起筷子，看了他一眼，笑著說：「或許，不久就要反攻大陸了……」

「做夢！」老毛搶著說：「這輩子鐵定要把異鄉當故鄉了。」

「說來也是，很多人早已看開了一切，在台灣成家了。」老陳說。

「在台灣成家的都是一些大官，我們這些老骨頭，恐怕永遠沒機會囉。」老毛有點兒自卑地說。

「那也不見得，」老陳安慰他說：「在台灣成家的士官多得是，在金門落腳的也不少。」

「人家年輕、運氣好。」老毛喝了一口酒。

「你並不老，運氣也不差，可能是緣分未到吧。」

「坦白說，初到台灣的那幾年，倒是有很多機會，但內心始終有一個想法，不久就要回老家、見妻兒了。想不到妻兒沒見到，還耗掉自己的青春。」他微嘆了一口氣，神情黯然地，「過些時候就必須屆齡退伍囉，一旦離開軍中這個大家庭，往後就是孤家寡人一個，教人不落淚也難啊！」

「別說這些感傷的話啦，」老陳再次地安慰他說：「如果非退不可，到時就留在金門算了。」

「留在金門喝西北風？」老毛不屑地看了他一眼。

「天無絕人之路，況且，金門的環境較單純。」

「話雖不錯，」老毛頓了一下，「台灣地方大，工作好找、謀生容易。」

「喝酒、喝酒，」老陳拿起碗笑著說：「退伍令八字都還沒一撇，看你窮緊張的模樣，不覺得好笑嗎？」

「就剩那麼幾個月啦，我能不憂心嗎？」老毛喝了一口酒，無奈地笑笑。

「退伍後乾脆就留在金門，我介紹你到特約茶室當工友。」老陳開玩笑地說。

「真的，」老毛興奮地，「你老弟可不能跟我開玩笑？」

「只要你有這個意願，我一定幫忙。」老陳正經地說：「特約茶室的環境雖然複雜了點，待遇也不是很高，但並非人人想進去就能進去得了的。這個社會既勢利又現實，講的是關係、靠的是權勢。即使福利單位員工待遇低，工作量重，還是有許多人央請高官引介或關說，能如願者，並不多。」

「這點我清楚。」老毛微微地點著頭。

「特約茶室的工友是以九等二級起薪，每月薪餉三百元，另加三百元主副食費，總共是六百元，年節會另發獎金或加菜金；裡面有宿舍、有伙食團，吃住都不成問題。一旦退伍後，又可領到一筆退伍金，存在銀行還能生利息。而且金門生活水準低，消費便宜，如果自己懂得節儉、妥善運用，足夠你無憂無慮地生活一輩子，甚至養一個小家庭都沒有問題。」

「老弟，如果真能這樣，那實在太好了，」老毛以一對感激的目光凝視著他，「這幾年來，我也買了一點『國軍同袍儲蓄券』，對往後的生活會更有保障。」

「有時看到你經濟不太寬裕的樣子，還誤以為你所有的錢都花光了。」老陳的臉上浮起一絲喜悅的笑容。

「這點錢是準備反攻大陸回老家時送給老婆孩子的。」老毛又感傷地說：「如今，眼睜睜地看著回老家的美夢已破碎，它正好可做為我葬身異鄉的棺材本。」

「別說這些感傷的話，」老陳拿起碗說：「喝酒、喝酒。」

他們同時輕啜了一口酒，但老毛的情緒似乎沒有平復。

「他媽的，什麼『一年準備，兩年反攻，三年掃蕩，五年成功』；還說：『我帶你們出來，一定會帶你們回去』，簡直都是謊言！今天仔細地一想，已被他們騙了整整二十年了……」老毛一陣哽咽，再也說不下去。

「好了，別說這些牢騷話啦，」老陳安慰他說，卻也有點憂心，「萬一不小心被政四組保防官聽到，保證你吃不完兜著走。」

「單操一個、命一條，怕什麼！」老毛激憤而不在意地說。

「在這裡發發牢騷沒關係，一旦在大庭廣眾或以後退伍成了老百姓，千萬要注意自己的言行，別為自己增加困擾、替別人添麻煩。」老陳低聲地開導他說。

「好啦、好啦，不說了、不說了。」老毛無奈地笑笑，「簡直他媽的愈說愈生氣！」

「在這個戒嚴地區、軍管時期，多說無益，少說才能保身，這個道理相信你比我更清楚。」老陳看看他說。

「一旦退伍，我這個驢子脾氣不改還真不行。」

「不錯，一切要謹言慎行，由不得我們牢騷滿腹、大放厥詞。」老陳趁機提醒他說：「尤其是特約茶室進出的人員很複雜，最可怕的是那些反情報隊以及臥底的線民，他們往往拿著雞毛當令箭，在裡面興風作浪、作威作福，簡直是成事不足、敗事有餘。以後如果有機會進去服務的話，必須特別注意、格外小心。」

「退伍後我會學做一個良民，凡事以工作為重，不會為別人、替自己製造任何的困擾。」

「我認同你的看法。」老陳肯定地說：「生在這個亂世，必須遷就現實。爾時的情景就彷彿是繚繞的雲煙，來也匆匆、去也匆匆，不值得我們去追念。把握現在、珍惜未來，才是我們應該追求的方向。」

「聽君一席話，勝讀十年書。」老毛興奮地拿起碗，「老弟，我服了你。來，乾杯、乾杯！」

老陳拿起碗一口飲下，而後含笑地看看他，在這個窄小冷清的碉堡裡，在微弱燈光的映照下，看到的雖是一個充滿喜悅的臉龐，但卻難掩內心的孤寂和落寞。這是一個悲傷、苦楚、不幸的時代，兩岸軍事為何要對峙？兄弟為何要相持？承受心靈與肉體雙重苦難的永遠是善良的百姓、無辜的人們。多少人有家歸不得，多少白骨深埋在異鄉的土地上，這何嘗不是時代的悲劇、炎黃子孫的不幸！

哥倆平分了半瓶壽酒，從他們興奮高亢的言談中，看來已有些微醺。如以時代背景而言，以恭祝蔣總統華誕的壽酒來為「老毛」祝壽，的確有點諷刺，但畢竟，此「毛」非他「毛」也。

2

「退伍」一詞，對於那些天天數饅頭的充員戰士來說，其興奮的程度不言可喻。他們脫下軍服，繳回裝備，手提金門高粱酒，打著「戰地榮歸」的旗幟光榮返鄉和家人團聚。而對於那些少小離家老大不能回、屆齡必須退伍的老兵而言，何處是他們的歸途呢？或許是茫茫人海、現實社會，怎不教他們潸然淚下。

老毛是少數幸運的退伍老兵，他不必跟著人家到台灣依靠同鄉、老長官或到榮民之家安養，在老陳的安排下，很快就到特約茶室金城總室報到。

報到的那一天，劉經理對他說：

「這份工作雖然只是一個燒水、提水兼打雜的工友，但卻有許多人透過各種關係來爭取。我必須坦誠告訴你，如果不是政五組陳先生的介紹，這個機會永遠不會屬於你，希望你好好幹。」

「謝謝經理，我會全力以赴的。」老毛畢恭畢敬地說。

「你到辦公室找事務主任，聽候他的調配和安排。」經理囑咐他說。

「是的。」老毛舉手敬禮，不敢怠慢。

金城總室對老毛來說並不陌生，因為他曾經來這裡買過票，但次數已忘了。最近一年來，他買的是士官兵部三十二號，一位名叫古秋美小姐的票。聽說古小姐來金門已經好幾年了，論姿色長得並不漂亮，看樣子年紀也不小，但待人卻十分誠懇，服務態度和床上功夫也不在話下，每次都能讓老毛盡興而歸，久而久之，就成了老相好。雖然來過無數次，但只限定在侍應生的房間，對於整個特約茶室的環境，還是相當陌生的。

金城總室佔地寬廣，四週築有高牆圍繞著，所有房舍均為紅磚灰瓦，大門朝北，入口處是售票房，隔鄰是福利社，左右各兩棟直式的建築，分隔成四十餘個小房間，供侍應生營業用。左後方是廚房、餐廳和員工宿舍，以及供應熱水的火爐間。

總室有工友四人，一位負責整理辦公室以及公文傳遞，一位負責燒水，兩位負責提水，早晚的清掃工作則不分彼此、大家一起來。老毛接替的是燒水工作，這份差事看似簡單，做起來確實不易。一具大鍋爐，以煤炭做燃料，清晨六點之前必須起床和煤、生火，營業時間一到才有熱水可用。春、秋二季，只要保持適當溫度即可，夏季用量更少，到了冬天，必須維持高溫，始有足夠的熱水供侍應生使用。

老毛再怎麼思、怎麼想，也想不到為國辛勞了大半輩子，最後卻來到這個販賣靈肉的地方討生活。早上除了和煤、生火、燒水外，又要打掃環境，提水沖洗含有腥味、滿佈衛生紙屑的水溝，以及應付管理員臨時的使喚、小姐們的請託，從早到晚可說忙得團團轉，幾乎沒有清閒的時間。

一個雨天的晚上，上門買票的客人並不多，老毛心想：爐子裡的熱水已夠用了，便獨自一個人優閒地從軍官部的走廊一直逛到士官兵部。恰巧，碰到三十二號古秋美。

「江班長，怎麼好久沒來買票了？」古秋美阻擋了他的去路，笑著問。

「我已經退伍了……」老毛尚未說完。

「我知道你已經退伍了，」古秋美搶著說：「難道你不知道在這裡服務的無眷員工，也可以買加班票？」

「剛來的新手，忙得一塌糊塗，哪裡有心思想那種事。」老毛實說。

「年輕人是愈忙愈起勁，」古秋美開玩笑地說：「老了就認老吧，別說沒有心思想那種事啦。」

「的確是老囉，連為它犧牲奉獻一輩子的國家都不要我們了，妳說說看，夠老了吧。」老毛無奈地說。

「走，不談這些，」古秋美拉了他一下衣袖，「到我房裡坐坐，我請你喝茶。」

「不，」老毛搖搖頭，有所顧慮地說：「等一下讓管理員看到不大好。」

「怕什麼，他們還不是經常在小姐房裡聊天，」古秋美毫不客氣地說：「在裡面喝酒、過夜的大有人在。」

「那可不是開玩笑的，萬一被上級單位查到，不被撤職才怪。」老毛有些擔憂。

「新來、漂亮、老實的小姐，幾乎都被他們吃定了。你剛來，還沒看清那些人的真面目，久了必然會瞭解。」古秋美說完，同時移動著腳步，老毛緩緩地走在她的背後，跟著她進房，坐在一張圓凳上。

「你不知道那些人有多麼地惡質，」古秋美為老毛沖了一杯香片茶，而後坐在床沿，對著老毛抱怨著說：「連一個提水的工友也不把我們看在眼裡，一旦沒有巴結好而得罪了他們，那有夠你瞧的。」

「他們敢不提水給妳們用嗎？」老毛不解地問。

「水當然會幫我們提，」古秋美無奈地說：「軍官部六號的楊秀玲，她年輕漂亮，票房紀錄高，認識很多大官，但有點高傲，不賣他們的帳。這一下可好了，夏天幫她提的是滾燙的熱水，冬天提的是馬上就冷卻的溫水，把她整得哇哇叫，楊秀玲又能把他們怎樣？」

「可以向管理員反映啊。」老毛不平地說。

「他們永遠有充分的理由：夏天氣溫高，煤炭易燃，熱水一下子就變成滾水；冬天水溫低，燒了一個小時還燒不熱，能怪誰呢？」古秋美激動地說。

「提水本來就是工友的職責，難道還要送紅包？」

「送紅包倒是不必，讓他們佔佔便宜倒是真的。」

「佔什麼便宜？」

「那要看各人的手腕。」

「原來提水還有好處啊，」老毛訝異地，「難怪燒水的工作沒人願意做。」

「江班長，」古秋美突然轉變話題說：「你還真有辦法，一退伍馬上就有工作，是誰介紹你來的？」

「一位金門朋友。」

「金門人都是介紹他們同鄉進來工作的，怎麼會介紹你呢？」古秋美好奇地問：「你的朋友在哪裡做事？」

「金防部，」老毛據實相告：「我們這裡的業務，就是他承辦的。」

「這就難怪啦，」古秋美說後，想了一下，「那個人個子不高，瘦瘦的，穿卡其制服，經常到這裡查東問西的，是不是那個人？」

「不錯，就是他。」

「我們辦公室那些人都很怕他，也很討厭他。」

「他為人正直，辦事一絲不苟，痛恨那些為非作歹的小人。」

「他一來，大家都緊張了，每次管理員都會警告我們不要亂講話。」

「人家有知識、講是非，不像我老毛草包不講理。」

「老毛，誰是老毛？」古秋美疑惑地問。

「妳看看我長得像誰？」老毛笑著說：「在金防部的時候，大家都說我長得像共黨頭子，起初叫我毛澤東，後來就索性叫我老毛。」

「現在仔細地看來，還真有點像。」古秋美打量了他一番，笑著說：「老毛這個綽號，叫起來也蠻親切的。以後不叫你江班長了，就叫你老毛，好不好？」

「當然好。」老毛興奮地和她開玩笑，「妳在這裡脫褲子為三軍將士服務，我在這裡當工友為妳們服務，雖然彼此的工作性質不一樣，但我們不僅是現在的同事、也曾經是老相好呀。」

「你是我的恩客啦，」古秋美笑著說：「謝謝你以前的捧場，往後還得請老毛您多多照顧我的生意。」

「古小姐……」老毛還沒說完。

「叫我阿美就好。」古秋美搶著說。

「好，阿美，」老毛喜悅的形色溢於言表，「坦白說，妳的服務態度不在話下，每次買妳的票，待人總是那麼親切誠懇，讓我這個離家二十餘年的老兵，內心充滿著一股無名的溫馨。」

「以後如果有需要的話，不要忘了買我的票，讓我多做點生意、增加一些收入，好養兒育女。千萬別看到年輕漂亮的小姐，就忘了我這個老相好啦。」

「坦白說，我老毛雖然又老又醜，但還不是一個寡情薄義的男人。誠然我花錢買票有選擇小姐的權利，多數人是以年輕貌美為對象，而我則是以溫柔體貼為主。除了想解決壓抑的性慾外，更想從女性的身體中，獲得一些溫暖。」老毛說後，又好奇地問，「妳剛才怎麼說：『增加一點收入，好養兒育女』，難道妳結婚了？」

「幹我們這一行的，難道非要結婚才能生小孩？」古秋美反問他，而後說：「除了經期外，時時刻刻都有懷孕的可能。一旦懷孕了，能拿掉更好，萬一生了一個父不詳的孩子，也是無可奈何的事。」

「妳有孩子了？」

古秋美點點頭。

「多大？」老毛關心地問：「男孩還是女孩？」

「男孩，已經三歲了。」

「誰幫妳帶？」

「請一位本地的阿嫂幫忙照顧。」

「台灣還有什麼親人？」

「死光光了，全都死光光了。」古秋美微嘆了一口氣，「唉，不談這些，一旦談起，簡直會讓我血脈賁張。」

「既然沒有了親人，小孩就是妳最後的依靠。」老毛雙眼流露出一絲同情的眼神，「在孩子身上要多花點時間，好好照顧和教導，長大必然會成器。」

「養大一個孩子，談何容易啊，」古秋美有些感傷，「人生這條路，我走得倍感艱辛，有時真想一死了之。」

「千萬不能有這種想法，只要活著就有希望。」老毛安慰她說。

「你不知道，有些人根本不把我們當人看！」

「別忘了，我們是為自己而活的。」

「話雖不錯，但妓女也有自尊心啊，有時候實在忍受不了別人的奚落。」古秋美感嘆著，「可憐喔！」

「再怎麼可憐，也沒有我們這些老兵的可憐，」老毛搖搖頭，有點兒感傷，「青年時轟轟烈烈為國家馳騁沙場和敵人做殊死戰，如今老了，沒有利用價值了，被解甲後有家也歸不得，孤零零的一個人，流落在異鄉的土地上自生自滅，教人不悲傷也難啊！」

「你在大陸結過婚沒有？」古秋美關心地問。

「出來時，孩子已三歲了，」老毛淡淡地說：「現在不知是生還是死，只好聽天由命了。」

「生在這個亂世，無辜的孩子也必須承受相同的苦難，造物者實在太不公平了。」

「不要怨天尤人。」老毛站了起來，苦澀地一笑，「時間不早了，改天找機會再聊吧。以後如果有需要我幫忙的地方，妳儘管吩咐，只要有空，我老毛一定效勞。」

「謝謝你，」古秋美禮貌地對他笑笑，也順便提醒他，「不要忘了，如果生理上有需要，要買三十二號古秋美的票，好好記住喔。」

老毛點點頭，踏著輕盈的腳步，含笑地步出士官兵部三十二號古秋美的房間。

屋外的雨依然滴里答拉的落著，他穿過長廊，走出甬道，回到幽暗的火爐間，在盛放煤炭的箱子裡灑水攪拌後再添煤封爐。不一會，濃煙從煙囪冒出，一股刺鼻的煤煙味直撲他的鼻孔。或許，往後的人生歲月，注定要在這個幽暗的小房間度過。未來是炭火燃燒時的光明，還是封爐後的黑暗，並不是一個退伍老兵所能左右的。他的心裡充滿著期待，但也有幾分失去時的落寞。

3

老毛的來歷金城總室所有的員工都很清楚，他雖然只是一個退伍上士，卻是他們上級單位業務承辦人介紹來的；除了侍應生外，儘管所有職工的職務、資歷都比他高或深，但卻也不得不設防，惟恐有些事讓他知道了，會向上級單位打小報告，徒增許多不必要的困擾。

其實老毛並不是那種人，他個性耿直、是非分明，更清楚自己在這個單位所扮演的角色。儘管在軍中時喜歡在好友面前發發牢騷，但此時已是一個平民百姓，因此，他非常珍惜這份得來不易的工作。把環境水溝沖洗打掃乾淨，在營業時間保持爐水的溫度，偶而地幫忙提提水，這些才是他的職責，其他的事，他無權過問，也從不多嘴，更不能替好心介紹他來工作的朋友製造任何的困擾。

星期一是特約茶室的公休日，侍應生必須先接受軍醫單位的抹片檢查，工友必須把環境打掃完畢始能放假。金門籍的員工回家去了，侍應生難得一個禮拜才有一天假期，大部分都出去逛街購物或看場電影，以調劑一下身心。

單身而無家可歸的老毛，總會利用假日，把身上那套袖子和領子被煤煙燻黑又充滿著一股濃濃煤煙味的衣服換下來洗。洗衣對他們這些常年在軍中服役的老兵來說，簡直易如反掌，但侍應生就不一樣了，她們的衣服幾乎都包給鄰近的阿婆阿嫂來洗滌。當然，也有極少數較節儉的侍應生自己洗。

老毛把一堆髒衣服放在一只鐵桶裡，剛注滿水，水質馬上變成黑色。想不到在軍中，穿著一向整齊清潔的自己，一退伍，就變得邋裏邋遢，看到如此的情景，內心不禁湧起一股無名的悲傷。快五十歲的人啦，還要自己洗衣，如果不是在這裡工作，勢必還要自己煮飯。他後悔當初只一心一意等待反攻大陸回老家，沒有在台灣成家的打算，要不，今天也不會落得燒水給妓女洗屁股的下場。老毛想著想著，情不自禁地悲從心中來，一滴眼淚悽然而下。

「老毛，你在洗衣服啊？」

他一聽，就知道是三十二號古秋美的聲音。轉頭一看，古秋美右手牽著一個小男孩，緩緩地走過來。

「妳沒出去玩啊？」老毛迎了過去，向小男孩拍拍手，而後問：
「他就是妳的孩子？」
古秋美含笑地點點頭。
「哇，長得真可愛，」老毛蹲下身，拉起他的小手，「叫什麼名字？」
小孩有點羞澀，一轉身，緊緊地抱著古秋美的大腿。
「他叫小傑，」古秋美代他答：「古志傑。」
「小傑乖，」老毛摸摸他的頭，而後輕輕地拉拉他的手說：
「來，伯伯抱抱。」
小傑依然抱住古秋美的大腿。
「叫伯伯不覺得奇怪嗎？」古秋美笑著說。
「有什麼好奇怪的，」老毛看看她，笑著說：「妳仔細想想，買妳的票的弟兄，還會有誰比我更老的？」
「說不定是你播的種。」古秋美樂得哈哈大笑，從事這種工作久了，和客人打情罵俏慣了，這種玩笑話，對她們來說，似乎是極為平常的事。

「我那有這個福份，」老毛也深知她在開玩笑，「流落他鄉這麼多年了，如果真有一個這麼乖巧可愛的孩子，此生不僅沒有任何的冀求，死也無憾了。」

「慢慢等吧，老毛，」古秋美含笑地挖苦他說：「你沒聽到，部隊的早晚點名，還經常高唱：『反攻的時候到了，動員的號角響了』，聽起來多麼地震撼人心啊！真到了那一天，回老家抱的可不是兒子，而是孫子囉。」

「不怕妳笑，」老毛露出一絲苦笑，「我整整做了二十幾年的美夢，如今隨著屆齡退伍，也徹底地粉碎這個盤據在心頭的夢想。」

「既然有意在這個地方落腳，如果有機會，應該成個家，將來也有個伴。」古秋美關心地說。

「年紀一大把了，想成家，談何容易。」老毛無奈地說。

「不要老是把自己想像成一個老頭子，」古秋美開導他說：「雖然你屆齡退伍、離開了軍中，但五十歲不到、身體又那麼強壯，往後的路還長著呢。如果能找一個後半生能相互關懷照顧的伴侶，那是再好不過了。」

「難啊，」老毛搖搖頭，「想也不敢想。」

「你可以請你那位金門朋友幫你留意一下啊。」古秋美為他出點子，「不一定要黃花閨女，只要有誠心、有真意，能夠相互依靠終生的都可以。譬如說丈夫早逝的啦，或是一些心身肢體有殘缺的啦。只要條件不要太高，或許很容易找到的。」

「一位被解甲而淪落在異鄉的退伍老兵，想擁有一個屬於自己的家，只有衷心地期待，那有挑剔的權利。但機會往往是可遇而不可求的。」老毛不敢寄予厚望。

「機會總是留給有心人。」古秋美淡淡地笑笑。

「妳呢？」老毛反問她，「以後有什麼打算？」

「做一天妓女，脫一天褲子，還能有什麼打算。」古秋美灑脫地說。

「不，妳不能有如此的想法，」老毛不認同她的看法，「妳現在已經有了孩子，孩子就是妳未來的希望。說真的，如果有適合的對象，該成家的是妳而不是我。」

「不怕你笑，在風塵中打滾了十幾年，甜言蜜語的男人看多了。有錢、有地位的人不會要我，沒錢的人我不想嫁，情投意合的男人難尋。我看這輩子啊，算囉！」

「慢慢找，妳才三十幾歲，年輕得很。」

「像我們這種歷盡滄桑的女人，一旦到了這個歲數，如果臉上不抹點粉，唇上不塗點唇膏，早已是老太婆一個，想年輕也年輕不起來了。」古秋美說後，輕瞄了老毛一眼說：「雖然你已屆齡退伍，但並不表示你老了。你不僅精神飽滿，更有一顆年輕的心，真正年輕的應該是你。」

「不瞞你說，我們家是務農的，從小跟隨著父母上山下田，練就一副強壯的體格；復又隨軍東征北戰，雖然吃了不少苦，但也增強不少體力。若要論力氣，時下一些年輕人，還真不是我的對手呢。」老毛坦誠地說，而後又和自己開了玩笑，「如果不是屆齡退伍，成天和那些年輕的充員戰士嘻嘻哈哈的，日子過得逍遙自在，還誤以為自己是三十八呢。」

「既然回不了老家，就要遷就現實、看開一切，經常保持一顆怡悅的心，珍惜活著時的每一個時光，這樣，人生才有意義。」古秋美說後，斜著頭，調皮地問：「你不覺得嗎？」

「謝謝妳的開導，人生的確是這樣的，想活得快樂，必須認命和遷就現實。」老毛雙眼注視著她，「妳我的際遇雖然不同，但卻沒有理由不為生而活。尤其是妳，孩子已經三歲了，為了他，必須要有離開這個行業的打算，讓孩子有一個安定舒適的家以及受教育的環境。」

「這個問題我曾經想過，而一旦離開這個行業，我又能做什麼？」古秋美有些無奈和感嘆，「小時候被養父母凌虐得半死，長大後被逼迫進妓院當娼妓；起初是賺錢替他們還債，繼而地是籌錢幫他們醫病，再來是支付他們的喪葬費，最後自己是兩手空空；現在想搭一間茅草屋都困難，休想有一個安定舒適的家。不是在你面前訴苦，人生這條路，我走得實在比別人更艱辛啊！」

「妳的處境的確讓人心生同情，但我必須誠摯地告訴妳，天無絕人之路，只要有心，一切慢慢來吧。如果能用自己的雙手打造一個屬於自己的家，比什麼都可貴，相信妳能做到的。」老毛鼓勵她說。

「老毛，謝謝你的鼓勵，」古秋美由衷地說：「為孩子打造一個安定舒適的家，是我這輩子唯一的希望。」

「不，還有一個……」老毛沒說完。

「還有什麼？」古秋美睜大眼睛，不解地問。

「追求妳未來的幸福。」

「一個妓女夢想找到幸福！」古秋美神情凝重地，「就像你們這些撤退到這個海島的老兵，反攻大陸是一個遙不可及的美夢一樣。」

「不，那是不能相提並論的。」老毛搖搖頭，「坦白說，這世界並沒有天生的妓女，多數是受現實的環境所逼迫。只要妳的條件不要太高，對方又不記前嫌，往後能相互尊重、同甘共苦，一定能建立一個幸福美滿的家庭。而我們這些老兵，當初沒有戰死在沙場，現在注定要屍埋異鄉，反攻大陸的美夢將隨著我們腐蝕的身軀，化為塵埃。」

「如果有機會，你會接受一個妓女和你一起生活嗎？」古秋美以試探的口吻問。

「人一旦到了老年，怕的是被玩弄和心靈上的創傷。如果雙方都有真誠相待的共識，有一個家畢竟是可貴的；試想，一個有家歸不得的退伍老兵，他有什麼資格挑三揀四的？」

「如果有機會，希望你不要錯過。」古秋美笑笑。

「不怕妳笑，這個機會永遠不會降臨在我頭上。」

「怎麼說呢？」古秋美不解地問。

「說一句不客氣的話，妳們從事這種工作，往往會遭受社會上某些人的歧視和奚落，但人格和自尊與一般人並無兩樣。如果不花錢買票，誰有資格要求妳們提供性服務？而除了滿足他們的性慾外，又有誰願意接受他們非分的要求？因此，我始終認為妳們必須受到應有的尊重。既然彼此的人格是相等的，便有追尋幸福的權利，絕不會因自己曾經從事性工作，就隨隨便便嫁一個自己不喜歡的男人，輕率地把自身的幸福葬送掉。就譬如軍官部那位年輕漂亮的六號楊秀玲，說不定那些買過她的票的校級軍官想娶她，她還看不上眼呢。由此可想而知，有誰會對一位在這裡當工友的退伍老兵感到興趣、想和他廝守終生的。當然，如果是那些經常女扮男裝、喜歡賭博酗酒，欠一屁股債的老小姐；並非我說大話，想嫁給我，我也不想要。」老毛滔滔不絕地說。

「其實男女間的事，有時也必須靠緣分。」古秋美淡淡地說：「幹我們這一行而後從良嫁人的不少，但幸福美滿的並不多。」

「為什麼？」

「多數男人喜歡翻舊帳。」

「既然有緣在一起，為什麼不能學習寬恕和包容。」

「說來容易，做起來難唷，真正到了撕破臉的時候，誰也顧不了誰的面子和自尊。」古秋美說後，抱起小孩，移動腳步，「你洗衣服吧，我想帶小傑出去走走，有空再聊。」

「假如有需要我幫忙的地方，儘管吩咐。」老毛笑著說：「雖然我只是個工友，但我有我的工作，並非是人人可以使喚的。」

「謝謝你，老毛，這點我知道。」古秋美向他點點頭，卻情不自禁地又開起了玩笑，「記住，如果憋不住想發洩發洩的話，不要忘了要買三十二號古秋美的票。小女子時時刻刻歡迎你的光臨，別人服務三軍，我專門服侍老兵。」

「老囉，沒勁啦！」老毛順口說著，並打從心底，發出一絲會心的微笑。然而，他老嗎？真的沒勁了嗎？卻也不盡然。從他健康的體魄，正常的生理狀況來說，都構成不了一個「老」字。唯一的，或許是反攻大陸無望，退伍後又回不了家，內心所衍生出來的憤懣。但這種激憤，勢必會隨著遠走的時光而淡化，回復到一個正常人的心理狀態。

4

自從介紹老毛到特約茶室當工友後，老陳也經常趁著公務之便，順便探望他，甚至在滿佈煤煙的火爐間，也和他聊得很愉快。

「還習慣吧？」老陳總是這樣問：「如果有什麼困難，要隨時告訴我。」

「很好、很好，」老毛以感激的口吻說：「在這裡有吃有住，又有錢可拿，大家相處得很愉快，沒什麼困難啦。」

「工作上呢？」老陳又關心地說：「如果燒水太辛苦，我請經理幫你調整一下，到辦公室送公文。」

「不必麻煩了，」老毛坦誠地說：「剛來時生火較生疏，現在已是駕輕就熟了。有時候他們忙不過來，我還主動地幫他們提水送到侍應生的房間。幾位票房較高的小姐，時而還會大發慈悲，給點小費；說來，真有點不好意思。」

「這也沒什麼不好意思的啦，又不是你開口或伸手向她們要，」老陳開導他說：「以前常聽人家說婊子無情，現在仔細地想想，也不能一概而論。人一旦相處久了，都會有感情的存在，你尊重她，相對地，她也會尊重你。雖然只是幾塊錢小費，但它的意義卻不一樣，至少可以肯定你是誠心誠意為她們服務的。」

「這個地方簡直都以侍應生的美醜，做為票房紀錄的標準。年輕漂亮的侍應生門口大排長龍，老一點的門可羅雀、一天賣不到幾張票，實在很可憐。」

「其實有時候也要看她們的服務態度。」老陳解釋著說：「如果待人誠懇親切，服務態度好，還是會得到許多老兵的青睞。」

「說來也是，」老毛肯定地說：「還沒退伍之前，一來到這裡，我買的幾乎都是三十二號古秋美的票。她人長的並不漂亮，年紀也不小了，又有一個三歲大的孩子，但待人卻十分誠懇，服務態度也不在話下，看樣子生意還不錯呢。」

「特約茶室一百六十幾位侍應生，從二十到四十幾歲都有，老的比年輕的多，美的比醜的少，知識水準也參差不齊，但人人都有一套謀生的本領，把女性的原始本能，發揮得淋漓盡致。多少生活困頓的家庭仰賴她們的接濟，多少人依靠她們出賣靈肉的金錢過活。而戍守在這塊島嶼的三軍將士，如果少了她們的精神慰藉，不知會給這個祥和的社會，帶來多少不必要的困擾。如要論功行賞，她們絕對是功勞苦勞都有。」

「有時候看到她們眼眶黑了一大圈，走起路來一副無精打采的模樣，也是蠻可憐的。但也有少數幾位經常喝酒鬧事又喜歡賭博的老侍應生，管理員似乎對她們也沒辦法。」

「總室二十七號王招、三十五號張春嬌，山外茶室十九號林葵芳、二十一號李妹，這幾位下個航次就會把她們遣送回台灣。」老陳告訴他說。

「為什麼？」老毛問。

「你幫二十七號、三十五號提過水沒有？」

「沒有，」老毛坦誠地說：「她們二個人的生意，好像很差。」

「你注意到王招沒有？」老陳看看他說：「她把頭髮剪得短短的，經常女扮男裝，成天生意不做，和軍官部二號何秋月搞同性戀，靠何秋月賺錢養她。張春嬌則是好賭成性，每次公休，就到老百姓家聚賭，賭輸了身上沒錢時，就脫褲子讓贏家抵債。山外茶室的林葵芳，儼然就是大姊大，吃香喝辣的不打緊，還要週邊的小姐們按月拿錢供養她，稍有不從，就是拳打腳踢。李妹更離譜，可能受到某方面的刺激，經常酗酒，而每喝必醉、每醉必鬧，除了脫光衣服、大吵大鬧外，誰去勸架，祖宗十八代都會被操，管理員簡直被折騰得人仰馬翻。」

「你的消息還真靈通。」老毛笑著說。

「有些事我們是睜一眼閉一眼，只要不過份也就算了；但有些是不處理也不行。」老陳以業務承辦人的口吻說：「像辦公室那些人，陋規陋習一大堆，以為做得天衣無縫、神不知鬼不覺的，其實他們所做所為，都在人家的掌握中。」老陳說後，又關心地對老毛說：「大茶室人多複雜點，如果有適應不良的情形，隨時告訴我，我會想辦法請他們幫你調整的。」

「不必了，在這裡已經習慣了。」

「你是特約茶室的無眷員工，」老陳看看他，正經地說：「如果有需要，可以按規定買加班票，但千萬要記得先買票後辦事，以免落入人家的口實。不要忘了人心很險惡，對於特約茶室的業務，我向來是公事公辦，有些人對我很不滿，知道你是我介紹來的，心裡會不痛快，便會想盡辦法來整你。」

「這點我知道，我老毛絕不會給你添麻煩。」

「其實也沒有那麼嚴重啦，」老陳淡淡地笑笑，而後改變話題說：「如果有緣，在裡面找一個終生伴侶並無不可。說白一點，這也是一個機會，美醜並不打緊，重要的是要有一顆誠摯善良的心，以及從良的決心。我們金門有一句俗語話：『要娶婊來做某，毋娶某去做婊』，相信裡面好的小姐一定不少，你要多多留意啊。」

「有這麼一個安定的工作環境，我已經心滿意足了。」老毛笑笑，「成家對我來說，簡直和反攻大陸一樣難，我想也不敢想。」

「當然，這種東西是可遇而不可求的；不過凡事要有信心，倘若遇到，就要去追求，不要讓機會平白失去。」老陳說後，微嘆了一口氣，「對於一位少小離家老大不能回的退伍老兵來說，光有錢財沒有用，有一個屬於自己的家，比什麼都可貴！」

「我能理解你對我的關懷。老實說，特約茶室只是我暫時工作的地方，它不可能讓我在這裡過一生。倘使沒有一個屬於自己的家，一旦年老失去工作能力時，勢必要流落在街頭。」

「今天既然落腳在這座島嶼，不能不未雨綢繆。對你這位朋友，我只有關懷，沒有惡意。」老陳說後，移動了一下腳步，「好了，你忙吧，我還要去看看他們的帳目，核對一下昨晚的加班票。有事打電話給我，西康二號六五一。」

老毛含笑地向他點點頭，眼看朋友腋下夾著卷宗快速地往辦公室走，他忙碌的程度可想而知。然而，不管他有多忙，始終沒有忘記對朋友的關懷，老毛的心中不免有些歉疚；相對地，對這位朋友也更加地敬重。

他熟練地蹲下身，打開火爐門，鏟起煤炭往爐內送，霎時，濃煙從爐門的空隙處冒出，老毛被燻得眼淚直流。然而，當他站起身正揉著眼睛時，管理員不知什麼時候，已站在他的身旁。

「你在添煤？」管理員低聲地問。

「管理員，您有事嗎？」老毛禮貌地向他點點頭而後問。
「政五組陳先生剛才來找過你啦？」
「是的。」
「你們談些什麼，談那麼久？」
「沒有什麼啦，老朋友隨便聊聊。」
「你剛來不久，不知道的事最好不要亂說。」管理員有警告的意味。
「我不是一個大嘴巴的人，」老毛心裡雖然有點不痛快，但依然禮貌地說：「管理員您儘管放心。」
「我並不是怕他們，而是恐怕你講錯話，讓上級單位對我們誤解。」管理員解釋著說。
「我這位朋友雖然辦事一板一眼，但是非分明，管理員你大可放心。」老毛有點不客氣地說。
「你們認識很久了吧？」
「好幾年了。」老毛淡淡地說。
「交情不錯吧？」

「當然。」

「我這個管理員足足幹了五年多啦，有機會幫我向陳先生美言幾句，讓我到小茶室幹幹管理主任。」管理員用懇求的眼光看著他說。

「報告管理員，」老毛不屑地說：「如果我有這個份量的話，今天也不會在這裡當工友。陳先生他現在就在辦公室，你可以找他去說啊！」

「我怎麼好意思。」

「好吧，既然你不好意思，那我找機會幫你說好了。」老毛鄙視地瞄了他一眼，心想：怎麼會有這種不要臉的人。

「事成後我一定好好謝謝你。」管理員心中有些暗喜。

「謝了。」老毛不屑地看了他一眼，沒有再理會他，順手提了一只水桶，逕自走向儲水池。而卻在途中碰到軍官部二號廖美枝和士官兵部十八號郭玉燕。

「老毛，」廖美枝神色匆匆地對他說：「你幫幫忙好不好？」

「幫什麼忙？」老毛一頭霧水，不解地問。

「郭玉燕的母親病了，病情相當嚴重，躺在醫院奄奄一息，申請回台灣探親的出入境證已經送去好幾天了，到現在一點消息也沒有，簡直讓她急死了。聽說政五組的承辦人是你的好朋友，他現在正在辦公室查帳，拜託你幫忙打聽打聽好不好。」

「拜託你幫幫忙，」郭玉燕紅著眼眶，難過地懇求著說：「我母親實在病得很嚴重，如果趕不上這班船，可能永遠見不著她了。老毛，請你幫幫忙，幫我打聽一下出入境證什麼時候可以辦好。」

老毛看她又急又悲傷的樣子，不可能在說謊。於是，一份同情心油然而生，能幫助別人也是美事一樁，何況只是打聽打聽而已，並非要他去關說。他二話不說，馬上到辦公室找老陳。

「有事？」老陳放下帳冊，站了起來，低聲地問。

老毛轉述了郭玉燕的請求。

「郭玉燕，」老陳想了一下說：「沒有印象啊，出入境申請書可能還在福利中心。」

「看她那副又急又難過的可憐相，不可能是假裝的，你就幫幫她的忙吧。」老毛以央求請託的口吻說。

「你告訴她，我回去後馬上和福利中心連絡，」老陳拍拍他的肩膀，爽快地說：「他們一送上來，我會盡快簽會政四組，然後送第一處為她辦理先電出境，這個航次一定能讓她走，請她放心。」老陳說後，又再次地拍拍他的肩說：「這樣好不好？」老陳雖然知道有些侍應生為了想家或辦理私事，經常藉故請家人或友人，拍一封父病危或母病重的緊急電報來申請出入境手續，以達到回台灣的目的。但對於朋友的請託，他並沒有懷疑。

辦公室所有的人都親眼目睹他們的互動、聆聽他們的對話，也足可證明他們哥倆，絕非泛泛之交。當老毛把這個信息告訴郭玉燕後，簡直讓她感激涕零。然而，老毛始終低聲低調，並沒有因自己的朋友是督導這個單位的業務，而囂張跋扈、不可一世，和一些動不動就搬出老長官出來施壓的老兵們是有所不同的。扮演好工友的角色，做好自己份內的工作，才是他應守的本份；行善不欲人知，助人不求圖報，更是他一生的堅持。也因此而獲得許多員工生的敬佩和讚揚。

5

人，真是奇怪的動物，在未退伍之前，老毛幾乎是一個星期或十來天，就會想到特約茶室逛逛，再順便買張票來紓解一下被壓抑的性慾。然而，自從退伍後來到這個往日必須「憑票入場」的單位謀生，不知是工作太忙，還是看清了裡面的形形色色，抑或是每天必須清掃那些漂浮著衛生紙屑、含有腥味、令人感到噁心的水溝，讓他沒有了性的慾念。儘管他的老相好古秋美時而挑逗他，希望他能經常光顧，好讓她多賺一點錢養兒育女，而老毛似乎不為所動，很長的一段時間，他過著清心寡慾的生活，古秋美還誤認為他嫌她老，去找那些年輕漂亮的小姐呢。

星期四莒光日的那晚，營業時間快結束時，老毛扣上大門的銅鎖，僅留下旁邊的小門供買加班票的官兵出入。他突然心血來潮，順便到售票處轉了一下。

「老毛，來那麼久了，怎麼沒見過你來買票？」售票員半正經、半開玩笑地說。

「老了，不中用啦。」老毛笑著說。

「老？」售票員頓了一下，看了他一眼笑著說：「如果你算老的話，我們軍官部都要關門了。」

「怎麼說呢？」

「那些少中上校的年紀，絕大多數都比你大、比你老。」

「我這個退伍老兵，怎麼能和那些大官相比。」

「他們官大沒有錯，我看找不出幾個精神能像你那麼飽滿、體格有你那麼強壯的。」售票員說後竟拉起了生意，「今天是莒光日，又碰上高裝檢查，有些小姐連一張票也沒賣出去，你就行行好、買張票照顧照顧她們的生意吧。」

「好吧，」老毛乾脆地從褲袋裡掏出錢，「買一張好了。」

「二號這個航次才來，既年輕又漂亮，要不要買她的票試試看？」售票員好心地為他介紹著。

「不了，我還是找老相好。」老毛毫不考慮地說。

「誰？」售票員抬頭看了他一眼問。

「三十二號古秋美。」老毛爽快地答。

「古秋美雖然老了一點，但待人很誠懇、很和氣，服務態度也沒話說。」售票員邊撕票邊說。

「你要幫她多介紹一些客人啊，」老毛竟然多嘴，「她還要養孩子呢。」

「就憑你老毛這句話，還有什麼問題。」售票員當然知道他的來歷，故意地說：「只要客人不指定號碼，我就叫他買三十二號古秋美的票，好不好？」

老毛笑嘻嘻地穿過長廊，直往三十二號古秋美的房間走。

古秋美的房門並未關，她坐在床沿，正無聊地翻閱電影畫報。一見到老毛手持娛樂票走進來，趕緊站起，興奮的程度不言可喻。

「夭壽喔，夭壽喔，」古秋美用台語喃喃地唸著，順手拉拉床單，「今天一整天，只賣了二張票，連吃飯都成問題啦，還想養兒育女。」而後指著老毛說：「你老毛摸摸良心，我古秋美那一點虧待你啊，每次都讓你盡興而歸、痛痛快快走出門，還有什麼地方讓你不滿意的。你算算看，你有多久沒有買我的票啦，是不是有了新人忘舊人了？」

「我老毛不是那種人，」老毛解釋著說：「自從退伍來這裡工作後，除了提水外，我沒有進過其他小姐的房間，更別說是買她們的票。」

「開玩笑啦，開玩笑啦。」古秋美一轉身，雙手輕輕地搓搓他的臉，做一個親密的小動作，而後幫他解開上衣鈕扣，自己也脫掉身上那件半透明的睡袍，露出二個不太豐滿的乳房，以及下身紅色的三角褲。

古秋美熟練地往床上一躺，以職業性的眼光看著老毛，等待著他脫光衣服快速地上床。然而，老毛卻遲遲沒有動作，已解開鈕扣的衣服依然沒有脫下，遑論是脫褲子。

「脫褲子啊，快一點脫掉好上床啊！」古秋美躺在床上不停地催促著。

「老囉……」老毛搖搖頭，輕瞄了她一眼。

「老什麼？什麼地方老？」古秋美笑著說：「上床後我保證你年輕、永遠不會老！」

老毛雙眼凝視著她，傻傻地笑笑。心想：躺在床上的這個女人，無論從左看、從右看，都與以往的古秋美不一樣。她不該是一個用錢買票就能讓男人玩弄洩慾的娼妓，而是一個能相夫教子的賢妻良母。於是一份愛慕之心油然而生，此刻，他想放棄和她上床的權利，冀望來日以夫之姿深入她的心扉。他竟如此地想著、想著。

「快一點啊，你還站在那裡想什麼？」古秋美又一次地催促。

「我不玩了，這張票就送給妳。」老毛以一對憐憫愛慕的眼光看著她說。

「買票不辦事，」古秋美從床上坐起來，「我脫了十幾年的褲子，第一次碰到。」說後下床披上睡袍，對著老毛說：「怎麼啦，是不是看到軍官部那些小美人而嫌我老，就提不起精神、沒有興趣了？」

「不，不是的，」老毛解釋著說：「我絕對沒有這個意思。」

「還是最近幾天剛買過其他小姐的票，裡面東西洩光了，那話兒翹不起來了，看我沒生意可憐我，就買一張票來施捨。」古秋美逼人地問：「是不是這樣？」

「千萬別誤會，」老毛再一次地解釋，「經過幾次交談和見過妳的孩子後，我深深地感覺到，如果我們能做一對知心的朋友，或許比用金錢交易更有意義。」

「我是一個販賣靈肉的娼妓，朋友因看得起我而捧我的場，又不是白嫖，為什麼不可以。」古秋美辯解著說：「如果你認為朋友間不能有肉體上的接觸和性交易，你就把我當成是露水夫妻好了。坦白說，你和別的老兵不一樣，我知道你尊重我，但今天你來到我的房間是要尋找歡樂的，在沒有讓你滿足之前，我不能平白地收取你的票。」古秋美走到他身旁，柔情地拉拉他的手說：「來吧，老毛，我們上床吧，你就把我當成是你的老婆，我會好好地服侍你的。」

老毛看看她，情不自禁地把她摟進懷裡。儘管古秋美脫了十幾年的褲子，看盡了形形色色、各種男人的嘴臉。在營業時間，只要客人一進門，幾乎是房門一關，就上床辦事，辦完事就走人，從未心甘情願地讓男人如此地摟著。而此時，她並沒有拒絕，也說不出是基於什麼理由，竟然會讓一雙剛遭解甲的老兵之手緊緊地摟住她的腰際。她聞到的是一股濃郁的煤煙香，這股煤煙香對她來說是那麼的親切和紮實，彷彿是她往後的依靠。

古秋美輕輕把他推開，竟迅速地幫他脫光衣服，她看到的是一副結實的古銅色身軀，感受到一個成熟男人的魅力。她以職業上的本能，很快就引導老毛那話兒進入她的體內。時間在他們翻雲覆雨中一分一秒地過去，老毛生理上的時鐘依然停留在午時十二點正，而不是日薄西山時的六點半。老兵其實不老，作戰時的豐富經驗依然深深地記在腦海裡。什麼時候要前進，什麼時候該後退，什麼時候必須衝鋒，可說樣樣拿捏得恰到好處，一點也難不倒他。然而，在他快速地前進後退又衝鋒時，一股能繁衍子孫的暖流，如決堤的河水，注滿古秋美賴以維生的湖泊，而後溢出堤外，滋潤了週邊那片乾旱的草原。

「老毛，其實你不老，」古秋美在他的耳旁，低聲地說：「在我的感覺中，你比以前更年輕、更有勁，不僅經驗豐富又持久，讓我有飄飄欲仙的感覺。老毛，你真的不老，一點也不老！」

「妳是在騙我？還是在安慰我？」老毛表面雖然有些懷疑，內心卻充滿著一股甜蜜的滋味，因為他是這場戰役的指揮官，當然知道戰果。

「我沒有騙你，也不是在安慰你，而是真心話。」古秋美伸手摸摸他的臉，「起來吧，我幫你洗一下，洗過後趕快去小便。」古秋美提醒他說。

老毛看看她，興奮地笑笑。如果眼前這個女子是他的老婆，不知該有多好，他的心裡有性滿足後的期待，但終究是不可能的，這個女人只不過是他用金錢換取而來的露水夫妻而已，豈能認真。

清場的鈴聲響過後，老毛回到宿舍，躺在軍用毛毯墊底的床鋪上，望著頂上朱紅的瓦片，突然，他想起了家，也想起離家時的那幕情景……

出來當兵的那年，孩子已經三歲了，雖然家裡世代務農，父親還是讓他讀了好幾年書，因為家中人手不足，不得不中途輟學。本著勤儉持家的家訓，既不愁吃也不愁穿，一家大小其樂融融。老婆是鄰村的閨女，留著一頭飄逸的長髮，白裡透紅的肌膚，像一顆熟透的蘋果。他下田協助父親農耕，她在家幫母親做家事、習女紅。父慈子孝、夫妻恩愛、家庭美滿，不知羨慕多少人。然而，受到同村青年的慫恿，響應十萬青年十萬軍的號召，經過短時間的訓練，竟迷迷糊糊地跟著部隊南征北伐，原以為不久就能凱旋榮歸，無奈部隊節節敗退，竟然退到離家數千里的小島上。如今時光一晃，二十餘年的人生歲月轉眼成空，當初帶他們出來的人已年邁體衰，又有誰能帶領他們回老家……

想著想著，老毛不禁悲從心中來，一滴滴傷心的淚水，順著臉上深深的溝渠，滾落在那個散發著霉氣的枕頭上。

老毛用手抹去淚痕，而後微嘆了一口氣，他想起朋友老陳對他提出成家的忠告。可是，成家並非以金錢交易就能成事的，也不像買票那麼輕而易舉，雖然他領了一筆退伍金，加上同袍儲蓄券，又有一份安定的工作，養活一個小家庭是不成問題的，但婚姻不是兒戲，一切仍然要靠緣分，尤其是他們這些有家歸不得的退伍老兵，那有受騙的本錢。

老毛微閉著眼睛，古秋美的身影卻不約而來地浮現在他的腦海。儘管她待人誠懇隨和，沒有什麼不良的嗜好，但已經是三十幾歲的中年人，又帶著一個小孩，以她的面貌、身分和各種條件，回台灣找對象並非易事。倘若古秋美不嫌他老，而願意和他共組一個小家庭，不知有多好。當然，他絕對不會去計較她的過去，更會好好照顧和疼惜她的孩子，善盡一個做父親的責任，以畢生之精力把他養育成人。

然而，這只是老毛自己的想法而已，古秋美雖然是一個為十萬大軍服務的侍應生，但她有自己的人格和尊嚴，有自己的想法和人生規劃，有追求幸福的權利，難道會看上一個無財無勢、面貌不揚又大她十幾歲的退伍老兵？明明是夜已深沉的午夜時分，老毛竟做起了連自己都感到好笑的白日夢，就好比那一聲聲反攻大陸回老家的口號一樣，讓許多人美夢破碎。

6

儘管老毛對古秋美懷有一份愛慕之意，卻始終難於啟齒、不敢表明。從許多瑣事看來，相信古秋美亦能感受到他那份誠心真意。譬如：老毛經常藉故幫她提水，而且水溫對得不冷不熱、恰到好處；其次是只要不與公務衝突，時時刻刻任由她差遣，猶如是她專屬的工友；再來是對她的孩子照顧有加，有一次小傑咳嗽發高燒又恰逢假日，古秋美忙於接客，保母不識字行動又不便，老毛義不容辭地請了半天假，自告奮勇地帶他到醫院就診，讓古秋美感動涕零。

然而，對於一位在男人堆裡討生活的侍應生來說，自作多情的客人她們見多了，有些事在她們看來似乎是稀鬆平常、見怪不怪。而人非草木，她雖然是一個妓女，但有血有肉、善惡分明。老毛幫她許許多多的忙，並沒有要求任何的回報，還經常買糖果和玩具送給孩子，講故事給孩子聽，陪孩子玩遊戲，讓這個父不詳、又不得不降臨人間的孩子，有一個快樂的童年，老毛的這番心意，確實讓古秋美銘記在心頭。

而唯一能回報他的，或許就是趁著他買票進房時那段短暫的時光，在床上多給他一點溫存，盡量滿足他的性需求，讓一個長年在外漂泊的退伍老兵有回家的感覺，盡情地享受露水夫妻的魚水之歡，繼而地讓他感受到女性溫柔體貼的一面，以及家的溫馨，好安慰他孤單寂寞的心靈。

在古秋美眼中，老毛是一位謙謙君子，他待人客客氣氣，從不佔人家便宜，偶而地喝點小酒，並沒有其他不良的嗜好，在那些老兵群中，實在是個異數。

老毛雖然大她十幾歲，但無論生理、心理或體能，似乎比他實際的年齡還年輕，即使因職業的使然、身上帶有一股煤煙味，穿著看來也有點邋遢，但卻有成熟男性的穩重和魅力。總室幾位年輕力壯的工友或同齡的老兵，簡直難於和他相媲美，儘管他面惡，然卻心善，如此一位誠實可靠的好男人，如果能把餘生的幸福託付於他，絕對是一個正確的選擇。而且，孩子已慢慢長大，自己不幸跌入這個販賣靈肉的深坑已足足十七年了，為了養父母一家人的生計、債務、醫藥費、喪葬費，她心中雖有怨，但卻無恨，只能怪自己的命運多舛、親生父母早逝，不得不送給人家做養女，才落得今天這個悲傷苦楚的下場。

雙十國慶那天，防區所有的官兵都放假，金城總室的售票處大排長龍，平日票房紀錄不高的侍應生，當天也接客不斷，幾乎個個都眉開眼笑、財源滾滾，而到了營業結束後，則一個個無精打采、疲憊不堪。次日又恰逢星期假日，精神再好、體力再強的侍應生，對於不斷湧入的三軍將士，勢必也有精疲力竭、難於招架的時候。星期一接受軍醫單位的抹片檢查後，古秋美終因過於勞累、體力不支而病倒，經過醫務人員的診斷是貧血。

貧血是人體中的赤血球不夠，它並非是一天二天所引起的，而是長期的飲食居處不良所致，除了多休息外，也要攝取足夠的營養素來補充體力。對古秋美來說，她的經濟原本就不太寬裕，如此地一病，既不能做生意賺錢，又必須花錢買營養品，為了這條不值錢的老命，為了要把孩子養育成人，只好舉手投降、承認自己被命運擊敗，不得不繼續脫褲子，為戍守在金門的十萬大軍服務。

當老毛得知古秋美病倒後，趕緊來到她的房間探望。

「老毛，我快死了。」古秋美有氣無力地說。

「不要說這些喪氣話，」老毛安慰她說：「有病醫病，況且貧血並不是什麼大不了的病症，只要多休息，多補充一些營養，很快就會復元的。」

「你不知道啊，」古秋美依然無力地，「我的生意並不是很好，自己一個人倒無所謂，現在又要養孩子，付阿嫂的保母費，誠然不會被病魔折磨死，也會被生活的重擔壓死。」

「妳儘管放心，」老毛認真地說：「除非妳不把我當朋友，要不，我不會眼睜睜地看著妳被生活的重擔壓死。」

「謝謝你看得起我。」

「不，人與人的相處，最可貴的地方就是相互尊重。妳阿美也沒有看不起我是一個退伍老兵，對不對？」

古秋美唇角掠過一絲苦笑，微微地點點頭。

「妳休息，我去幫妳弄點吃的。」

「別麻煩了。」

「今天休假，閒著也是閒著。」

「等一下阿嫂會把小傑帶來，如果你有空的話，就麻煩幫我照顧一下。」古秋美以一對懇求的眼光說：「阿嫂也是蠻可憐的，一個寡婦要養四個小孩，以前就說好每個禮拜一讓她休息一天，我們不能不守信用。」

「這點小事，沒問題啦，」老毛爽快地說：「小傑長得乖巧可愛，幾次見面後，和我還蠻投緣的。」

「那就拜託你了。」古秋美苦澀地笑笑。

老毛移動著腳步，輕輕地關上房門。首先掠過腦際的是先為她買點吃的，於是毫不猶豫地向廚房借了一個小鋁盆，從後門走上街，為古秋美買了一碗熱騰騰的廣東粥，還另加了幾片能補血、補氣的豬肝。此刻，他心中沒有任何的雜念和企圖，純以朋友的立場來關心她，只希望她能快速地復元。然而，復元後又能怎麼樣，是否能就此離開這個環境嫁做人婦，過平常人的生活，但那畢竟是不可能的。在尚未找到可以改變自己命運的前提下，活一天，就必須多當一天妓女，這或許就是古秋美的宿命，看在老毛眼裡，想不為她難過也難啊！

星期二一早，軍醫單位已把侍應生的抹片檢查紀錄送到金城總室，而不幸的事卻接踵而來，古秋美的抹片檢查被醫務人員檢驗呈陽性反應，必須到性病防治中心接受治療。雖然她身體有點不適，但僅屬於在總室休養的一般小病，一旦得了性病則非同小可，必須盡快治療，始免於擴大感染，以維護全體官兵的健康。上級單位對於性病防治的執行是非常嚴格的，在尚未治癒時，任誰也無權讓她們擅自出院。

性病防治中心位於尚義醫院左側山坡上的一棟戰備病房裡，特約茶室派有一位管理員負責管理，侍應生一旦被送到這裡治療，即不得藉故外出。除了按時打針吃藥外，幾乎沒有什麼可供她們娛樂消遣的地方，日子過得枯燥乏味，卻也無可奈何。

部分曾經來這裡治療過的侍應生，有的會帶本書或雜誌來消磨時間，有些會帶副撲克牌玩接龍或檢紅點遊戲，她們想盡辦法，用各種不同的方式來打發時間。而對古秋美來說，則可利用治療性病的這段時間，好好休息和調養自己的身體，可說是一舉兩得。因此，她並沒有像部分侍應生一樣，抱怨醫務人員檢驗不公，反而是尚義醫院的醫官，知道她患有貧血的症狀後，除了幫她打營養劑外又讓她服用維他命，如此雙管齊下，是促使她身體快速地復元的主因。

有一天中午，老毛用煤爐燉了一隻雞、搭乘計程車，親自為古秋美送到醫院，當他掀開鍋蓋為她盛滿一碗香噴噴的雞肉雞湯時，不知羨慕了多少同在裡面治療的侍應生。

「趁熱吃吧。」老毛深情地看看她說。

「謝謝你專程為我送雞湯補品來，」古秋美感激地說：「讓你破費了。」

「別說這些客氣話，把身子養好才是真的。」老毛認真地說。

「看到小傑沒有？」古秋美惦記著孩子，關心地問。

「昨天下午阿嫂送衣服時把他帶來了，」老毛安慰她說：「他乖得很，又懂事，妳儘管放心好了。」

「嗯，」古秋美喝了一口雞湯，微微地點了一下頭，「麻煩你幫我多照顧。」

「我會的，」老毛看看腕錶，移動著腳步，「時間不早了，我得先走，萬一來不及上班就不好交代。好好保重！」

「謝謝你。」古秋美以一對感激的眼神望著他。

老毛剛跨出性防中心的門檻，就以快速的步履往公車招呼站走，他的腳步輕盈，著地有力，沒有部分同齡人的老態和臃腫，從背後一看，簡直看不出他是一位屆齡退伍的老兵。然而，退伍已是不能改變的事實，他的命運是否會因離開軍中而改變，在有家歸不得的現實環境裡，他是否能突破現實環境的藩籬，找一個能相互扶持的終身伴侶，在這個離家最近的小島上落地生根。

老毛的心裡經常想著，在沒有遇到其他更好的女性時，古秋美似乎是他最好的人選，他應該好好的把握住這個機會。當然，凡事也不能操之過急，必須以他的誠心來感動古秋美，而不是用卑鄙的手段來騙取她的感情。果真有一天能獲得她的青睞，願意和他廝守終身，他勢必會以一顆誠摯之心來愛她、呵護她，也會把小傑當成自己親生兒子來養育，絕不會辜負她們母子的。然而，這只是他個人的想法，是否能獲得古秋美的認同，且讓歲月來考驗一個歷盡滄桑的青樓女子，以及一個有家歸不得的退伍老兵的智慧。

經過性防中心近十天的藥物治療，古秋美複檢後已呈現陰性反應，虛弱的身體也慢慢復元，回到總室後不久後又開始接客，對於老毛時而噓寒問暖，又經常燉些食物替她進補，的確銘感五內。而老毛並非是一個貪小便宜之徒，雖然對古秋美有一份愛慕之意，但在言談中從未逾越朋友之情，更從未冀望古秋美有任何的回報，純粹是基於內心的一片真誠，心甘情願地為她奉獻一切。

「老毛，」有一天，古秋美竟然對他說：「我虧欠你的實在太多了，而我又能給你什麼？你是曉得的，一個妓女她擁有的是女性最原始的謀生本能——身體，我願意以它來報答你。只要你生理上有需要，不必買票，在加班時間隨時隨地都可以來找我。我會以溫柔體貼的妻之姿，來滿足你的性需求。」

「阿美，」老毛深情地看著她，「妳不要把我想像成是一個下流無品的人，我們相處也有一段時間了，彼此間的相互關懷，遠遠超過肉體上的交易。如果我的所作所為，是為了要換取妳的身體來滿足我的性慾，或是冀望妳的報答，我老毛也太下賤了，根本不配當妳的朋友。」

「你不要誤會，我講的是真心話。」古秋美解釋著。

「從第一次買妳的票後，我就深深地發現到妳和別的侍應生不一樣。妳待人誠懇，服務態度好，每次買妳的票進入妳的房間，總讓人有一種親切溫馨的感覺。人一旦相識久了，難免會有感情的成份存在，無形中就會成為相互關懷的好朋友。論理說，男女朋友間是不能牽涉到性的，但妳從事的卻是這種工作，如果刻意地不買妳的票，似乎沒有盡到照顧朋友生意之責，對不起妳這位朋友。而當我買妳的票跟妳上床時，又會感到朋友間是不該有這種行為的。有時候的確讓我感到很矛盾。」老毛滔滔不絕地說。

「如果有這種顧慮，以後你就把我當成是你的老婆好了。」古秋美笑著說：「不要忘了，婊子也有情啊！」

「妳這句話，真的讓我很窩心，」老毛認真地說：「離家在外漂泊多年，如果能找到一位像妳那麼溫柔體貼又善解人意的好老婆，我老毛死也無憾了。」

「不要忘了我是一個妓女，」古秋美自卑地說：「這個污濁的名字是永遠洗不清的。」

「這世界並沒有天生的妓女，大部分都是受家庭環境所逼迫，妳的遭遇讓人同情，世人絕對會寬恕妳、原諒妳的。」老毛安慰她說。

「坦白說，孩子已一天一天慢慢地在長大，我的身體並不是很好，離開這裡是勢在必行。如果可以找到一個能相互扶持、相互照顧、以誠相待、托付終身的伴侶那是再好不過了。萬一不能如願，只好孤軍奮鬥，把孩子養育成人，其他的事，豈敢再奢求。」

「相信上天會賜福於妳的。」老毛虔誠地說。

「如果小傑讓你收養、做你的兒子，你願意嗎？」古秋美突然問。

「當然願意。」老毛毫無考慮，脫口而出，卻不明白她說此話的用意是什麼。

「如果一個不幸墮落風塵的女人，從良後願意和你生活在一起，你會嫌棄她嗎？會計較她的過去嗎？」古秋美意有所指地說。

「我非但不會嫌棄她，也不會計較她的過去，而且願意用我的生命愛她、保護她；繼而地和她同生死、共患難！」老毛已明白了她的話意，激動地說。

「好了，就這樣吧，」古秋美嚴肅而認真地說：「一切由你來安排，不管是天涯海角，我隨時隨地願意跟你走。」

「妳不是跟我開玩笑吧？」老毛有些懷疑。

「我沒有跟你開玩笑，句句都是肺腑之言。」古秋美的雙眼，反射出二道愛的光芒。

「難道妳不嫌棄我是一個屆齡退伍的糟老頭？」老毛反而有些自卑。

「年齡不是問題，一顆熱忱善良的心比什麼都重要，」古秋美依然嚴肅地，「這段時間我觀察了很久，對你的為人也有深刻的瞭解，因此，我發現你老毛才是我後半生最忠實的依靠，也惟有像你這麼一位忠厚誠懇、勤儉樸實的人，才能帶給我們母子幸福。老毛，我將帶著一個父不詳的孩子，無怨無悔和你生活在一起，但願會得到你的疼惜和憐愛。」

「阿美，我做夢也想不到會有今天，一旦美夢成真，我願意以我的人格做保證，我會善盡一個為人夫為人父的職責，為妳和孩子打造一個幸福美滿的家園。」老毛緊緊地握住古秋美的手，一顆顆感動的淚水，情不自禁地滾落在他多皺的臉龐。

「老毛，我相信你……」古秋美張開雙手，緊緊地把他抱住。抱住一個結實的身軀，如同抱住一個個充滿著幸福的希望……

7

當老毛把這則消息告訴他的朋友老陳後，老陳的反應並不像老毛那麼激烈。因為老陳承辦特約茶室業務多年，對於那些歷盡滄桑的侍應生，簡直瞭若指掌。當然，好的侍應生固然有，騙取老兵感情和錢財的大有人在，因此，對於老毛和古秋美的事，雖然無權反對，但站在朋友的立場而言，不得不格外地慎重，也不得不小心來求證，以免朋友受騙。

於是，老陳找了一個適當的時機，專程到金城總室和古秋美做了一番懇談。

「古小姐，妳認識我嗎？」老陳笑著問。

「特約茶室有誰不認識你的，」古秋美也笑著，「要不要我把票拿出來讓你檢查檢查？還是要調查其他的事？」

「今天不是來檢查、也不是來調查的，」老陳說著，順手從梳妝檯下拉出一張椅子，逕自坐下，「妳也請坐。」

「謝謝。」古秋美坐在床沿。

「老毛是我的好朋友，古小姐妳應當知道。」

「老毛是你介紹來的，對不對？」

「不錯，」老陳點點頭，「聽說他很久以前就認識妳，來到這裡服務後又蒙受妳的照顧，真是謝謝妳啦。」

「不，應該說老毛對我特別照顧才對。」古秋美坦誠地說：「不怕你笑，我浪蕩風塵十幾年，接觸到的男人無數，像老毛那麼忠實誠懇、付出不求圖報的老兵實在少見。」

「我認同妳對老毛的看法，但也相信男人的嘴臉都逃不過妳的眼睛。」老陳肯定地、而後問：「聽老毛說，妳有意離開這個環境，和他生活在一起？」

「我知道你今天是為這件事專程而來的，是不是？」古秋美有些不屑，「如果想試探我的真誠，那大可不必。我來金門那麼久了，有沒有騙過人家的金錢和感情？有沒有酗酒、賭博、鬧事？有沒有不當標會或欠錢不還？這些事對你們來說，簡直不必費功夫就可查得一清二楚。對於老毛，我並沒有貪圖他什麼，唯一讓我賞識的，就是他的忠厚樸實、勤勞節儉，是一個可以託付終身的好男人。」

「總算妳慧眼識英雄，」老陳興奮地說：「雖然他的年紀大點，但我相信，一旦和他生活在一起，絕對不會讓妳吃苦的。」

「再怎麼苦，也沒有心靈的創傷來得苦，」古秋美淡淡地笑笑，「假如真能離開這個環境，任何苦，我也會心甘情願去承受，絕不會讓生活的重擔，由老毛一個人來承擔。」

「古小姐，妳這番話太令我感動了，我替朋友感到高興。」老陳由衷地說。

「老毛有你這位時時刻刻關懷著他的朋友，何嘗不是他的福份。」

「往後我們就是朋友了。」

「往後歸往後，現在你是長官，這裡所有的人都怕你。」

「沒做虧心事，不怕鬼敲門，」老陳站了起來，笑著說：「我有那麼可怕嗎？」

「說來也是，」古秋美看看他，情不自禁地笑出聲來，「你不僅不可怕，看來也蠻親切的，想不到老毛年紀那麼大了，竟然會有你這位年輕的好朋友。」

「好了，耽誤妳那麼多時間，」老陳移動腳步，「下一步該怎麼走，我會聽聽老毛的意見。不過我也必須善意地提醒妳，凡事不能三心二意，更不能傷害一個老兵的心。」

「陳先生，這點你儘管放心，我古秋美已經是一個三十幾歲的老女人啦，這種事，那能兒戲。」古秋美認真地說。

老陳含笑地從古秋美房裡走出來，又不加思索地來到老毛工作的火爐間。

「關於你和古小姐的事，剛才我親自去拜訪她，也談了很多。如果我沒猜錯看錯或聽錯，她絕對是真心的、也是認真的，你要好好把握住這個機會。」老陳拍拍他的肩膀，正經地說。

「那我該怎麼辦呢？」老毛有些惶恐。

「先別緊張，這種事最好當面講清楚。」老陳胸有成竹地說：「這樣好了，星期一我請你們上館子吃頓便飯，大家好好地談談，聽聽彼此的意見。」

「應該由我請客。」老毛客氣地說。

「別跟老兄弟客氣啦，」老陳興奮地說：「但願美夢能成真，有一個屬於自己的家，比什麼都可貴。」

「我真是做夢也沒想到啊！」老毛喜悅的形色溢於言表。

「記住，」老陳提醒他說：「既然雙方都有在一起生活的意願，就必須懂得相互尊重。對於她的出身，以及曾經從事過的行業，更要有心理上的調適。一旦結成夫妻，無論情緒有多麼地低落、心裡有多麼地不痛快，或夫妻間有任何的誤會和磨擦，都要學習忍耐和包容，千千萬萬不能翻舊帳。」

「謝謝你的提醒，我會時時刻刻記住你的話，當然，也會記住惜福和感恩。」老毛激動地說。

星期一中午，老陳在金城萬福樓請老毛和古秋美吃飯，吃這頓飯的目的，彼此心裡都很清楚。

「依我看，結婚後就在金門定居算了。」老陳向他們建議著，「雖然偶而的還有一點砲聲，但這裡的民風純樸、治安良好、消費低廉，將來孩子讀書也方便，是一個不錯的居住環境。」

「我也有這個想法，」老毛看看古秋美，「妳呢？」

「我不是告訴過你了嗎？」古秋美以一對深情的眼光望著老毛，「不管天涯海角，我隨時隨地願意跟你走。」

老毛樂得哈哈大笑。

「好，那就這樣決定了，」老陳想了一下，而後對古秋美說：「我請金城總室的文書，幫妳寫一份報告，一旦呈報上來，我會專案簽請長官核准。屆時，妳必須先帶著孩子回台灣，然後老毛再到台灣和妳會合，一起到地方法院辦理公證結婚，當你們拿到結婚證書後，就可以順理成章向警總申請入境，同時把戶籍遷到金門，歸入老毛的戶籍裡面，往後你們不僅是一對令人羨慕的夫妻，也是福建省金門縣的縣民了。」

「會不會很麻煩？」古秋美有點擔心。

「不管有多麼麻煩，我會一樣一樣幫你們克服的，」老陳信心滿滿地說：「只希望以後的人生歲月，你們能過得幸福快樂。倘若真能這樣，我辛苦也有代價了」

「我們不會辜負你的。」古秋美說後，看看老毛，他們相視地笑笑。

「不過話說在前頭，」老陳對著老毛說：「結婚後你必須辭職，離開特約茶室。」

「為什麼？」老毛緊張地，「那我不是要失業了嗎，用什麼來養家活口？」

「這些事你暫時先不要操心，」老陳振振有辭地說：「特約茶室那個地方不值得你們再留戀，夫妻二人必須一起離開那個環境。你老毛的駕駛技術是一流的，考一張小客車執照絕對沒問題，我大哥和朋友合夥開車行，屆時再想辦法介紹你去開計程車。」

「真的？」老毛興奮地說。

「你儘管放心，不會讓你失業的。」老陳分析著說：「試想：在特約茶室當工友一個月才三百元，夠養家活口嗎？一個禮拜放一天假，能夠照顧到家庭嗎？古秋美能放心你在裡面工作嗎？如果是單身，求一個安定也就算了；有了家，則必須另做打算，這是一個不能不加以深思的問題。如果受雇於車行，每天只需開半天車，每月約有六百元的薪資，空閒時並不一定要窩在家裡，可以找其他事做，好增加一點收入，對整個家庭經濟也不無小補。」

「要住在哪裡呢？」古秋美又擔心地問。

「這點妳放心，」老陳輕鬆地說：「只要不住在大街上和人家湊熱鬧，鄉村空房子多得很，到時候再想辦法，不會讓你們露宿街頭的。」

「老毛有你這位貼心的好朋友，讓我感到高興和驕傲。」古秋美以感激的口吻說。

「別這樣說，」老陳淡淡地笑笑，「俗語說：在家靠父母，出外靠朋友，如果不是這場戰爭，老毛的家在山的那一邊，也不會來到這個小島上。如果不是兩岸軍事長久的對峙，老毛早已歸鄉，怎麼會有有家歸不得的無奈？今天彼此間因這場無情的戰爭而相識相知，實在倍感珍貴。尤其是妳，在這個戒嚴地區、軍管年代，如果不是為三軍將士服務，想來一趟金門，簡直連門都沒有，又怎能認識老毛復而和他結成連理。因此，大家都應當珍惜這份得來不易的緣分！」

「老毛是因為戰爭、跟隨著部隊撤退到這裡的，而我則是來這個小島上當妓女、販賣靈肉……」古秋美感傷地說。

「不，妳純粹是家庭因素使然，錯不在妳，千萬不能有這種想法。」老陳安慰她，「說真的，今天妳應該感到高興才對，因為在這個小島上，妳已經找到好的歸宿，以及一個真正瞭解妳、體恤妳、包容妳，願意和妳同甘共苦、相互扶持的好伴侶。未來的歲月，妳將擁有一個幸福美滿的家庭，愛妳、體貼妳的丈夫，以及健康、活潑又可愛的兒子，如此美麗的人生，還有什麼好怨尤。」

「阿美，妳放心，我老毛絕對不會虧待妳和孩子的。」老毛微微地舉起手，做了一個發誓狀。

「願上天保佑，賜我一個幸福美滿的家庭，死也無憾……」古秋美雙手合十，喃喃地說。

是的，上天應該賜福於這對歷經苦難的夫妻。一個隨著時代流離顛沛的退伍老兵，一個遭受環境逼迫的侍應生，他們已經在這個茫茫人海裡，尋找到心靈上的終身伴侶，勢將同攜手共患難，相互體恤和包容，期待百花盛開的春天早日來到，盼望幸福的時光早日降臨，好豐盈他們卑微的生命以及疲憊的身心……

8

古秋美從良嫁給退伍老兵，在金門定居的消息曝光後，雖然在特約茶室引起很大的騷動，但卻已成事實。大部分侍應生都不看好他們這段婚姻，因為老毛大她十幾歲，面貌長得像土匪，經濟狀況並不是很好，又沒有一份較像樣的固定工作，如此的婚姻，怎麼會幸福、能長久。

尤其金門人對特約茶室侍應生，不僅沒有好感，甚且還懷著一份鄙視。無論她們的穿著、打扮和行為，都與在地的女性差異很大，少數滿口髒話、穿著暴露的侍應生，更是不能讓金門人認同。一旦和她們照面，老一輩的婦人常會以白眼相向，再暗中罵一聲：「軍樂園的肖查某，真袂見笑哦！」而今，軍樂園的查某古秋美將和一個退伍的老北貢，在這個民風純樸的島上定居，勢必會受到他們的排斥和奚落，果真如此的話，鐵定沒有顏面長久住下去。這似乎也是特約茶室那些姊妹淘，替她擔心的地方。

然而，古秋美並沒有想那麼多，離開那個沒人性的地方，對她來說是一種解脫，更有重獲新生的喜悅。她想看的並非是外貌，她想要的亦非錢財，也不會去計較年齡的差距。在她的感覺裡，彷彿自己是一艘漂流在海上的孤舟，而老毛卻是引導她航行的燈塔，讓她平安地航向生命中最安全的港灣，因為她知道，只要上得了岸，就有幸福，其他的事她會一件件來克服的，絕不再向命運低頭，這也是古秋美充滿著自信的地方。

在朋友老陳的奔波下，老毛順利地在距離市區不遠的一個小村落，租到一間一落四櫸頭的古厝。原屋主僑居南洋，代管人一半堆放雜物和農具，另一半以象徵性的一百二十元出租，其主要的目的並非為了租金，而是要承租人幫他維護和打掃，以免古厝乏人管理而遭蟻噬蟲咬。屋內他們可使用的房間有大廳、右廂房、櫸頭和尾間仔，大門口還有一片可以做為菜園的空曠地，如此低廉的租金和寬敞的居住環境，簡直讓他們興奮不已。

經過一番打掃和整理，又添購了一些簡單的傢具，於是，一個屬於老毛、古秋美和小傑三人的家儼然成形。雖然鄰居早有耳聞，搬來這裡住的是一個退伍的「老北貢」和一個曾經在軍樂園「趁吃」的台灣查某，以及一個「雜種仔子」。然而，老北貢並不老，儘管面惡，但對人和氣又親切，有事找他幫忙，絕不藉故推辭，一點也沒有北貢兵的「北貢番」和「銅貢氣」。

對於這個曾經在軍樂園趁吃的台灣查某，自從和老毛結婚後，妝扮簡單樸素，未曾塗口紅擦脂粉，素色衣裳黑色的長褲，屋裡屋外打掃得乾乾淨淨，主動向村人噓寒問暖，比一般村婦更有禮數，沒有一絲一毫的風塵味。這樣的鄰居，不僅沒人敢嫌棄，反而得到許多人的敬愛和尊崇。

而那位被揶揄為雜種仔子的小傑，長得既乖巧又可愛，一副聰明伶俐的小模樣，全村無論老少，都喜歡親近他。讓老毛和古秋美深深地感受到，選擇在這個小島嶼定居是對的，更佩服金門人有一顆善良的心，以及凡事都能包容的寬宏大量。

老毛在老陳兄長的安排下，受雇於中興車行開計程車。他工作的時間是中午十二點接班，下午六點交班，長達六小時的營業時間，依老毛的身體狀況來說，那是不成問題的，有一份自己喜歡的工作，內心更感到無比的興奮和愉快。然而，在上午不必開車的空檔裡，並沒有閒著。他發現到金城和山外有好幾家專門收購廢金屬品的廠商，而金門有十萬大軍，處處都有碉堡，碉堡外或垃圾堆裡，經常有廢金屬品之類的棄物，而這些東西一旦撿回來加以整理，都是可以賣錢的東西。於是，老毛靈機一動，利用上午不必開計程車的時間，就到外面撿拾廢金屬品，並按廠商的囑咐：銅、鋁、鉛、鋼鐵、馬口鐵，分門別類放好，到了一定的數量，只要通知廠商，他們就會開著機器三輪車來收購，而且是依種類、以不同的價錢按斤計算。第一個月，老毛竟然賣了近三百元的廢金屬品，相當於在特約茶室當工友的月薪，連同開計程車的薪資，總共有九百餘元的收入，夫妻倆喜悅的形色，簡直無法形容。

「老毛，為了這個家，實在是辛苦你了。」古秋美心裡有些不捨。

「妳每天要帶小孩，又要洗衣、煮飯、掃地，還在門口種那麼多的菜，比我還辛苦呢。」老毛笑著說。

「我好害怕生活的重擔，會把你壓垮。」古秋美關心地。

「妳看看，」老毛把手臂一彎，「自從有這個家後，我的精神和體力比以前好多了，彷彿也變年輕了。」

「你本來就不老。」

「是妳讓我年輕的。」

「我古秋美又不是神仙。」

「妳是我老毛心中的仙子。」

「別貧嘴，」古秋美含笑地白了他一眼，而後改變話題說：「我看你還是維持和以往一樣，每晚飯前喝點小酒，不僅可以解除疲勞，又可以增加血液的循環，對身體是有幫助的。不要為了這個家，把自己的一點嗜好也改了，這又何苦呢？」

「阿美，我知道妳的心意，」老毛感動地說：「我不喝酒沒關係，不能讓妳和孩子受苦。」

「你處處為我和孩子設想，我不知該說些什麼才好。」

「什麼也不必說，好好珍惜這份得來不易的夫妻情緣，勝過千言萬語。」

「想不到你的話，竟是那麼地有內涵。」

「我老毛的學問雖然不能跟對岸那個老毛相比，但小時候在家鄉，也曾讀過幾年書、認識不少字，可不是草包喔！」

「這點我怎麼會看不出來呢，」古秋美誇讚他說：「每次看你不厭其煩地教小傑讀書識字，我就知道你讀過書，只是深藏不露而已。」

「部隊剛到台灣時，我曾經幹過好幾年文書，後來成立了駕訓隊，竟然去學開車。兵科也由當初的「文書」改成「運輸」，成了一個不折不扣的駕駛兵。」

「以前常聽老一輩的人說：『賜子千金，不如教子一藝』，如今有了開車這個本事，可說走到哪裡都不怕沒飯吃。老毛，我和孩子總算跟對人了。」

「妳儘管放心，我老毛拚了這條老命，也不會讓妳們母子挨餓的！」老毛有些激動。

「老毛，我也會盡到一個做妻子的責任，和你同攜手、共患難，打造一個屬於我們幸福美滿的家園。」古秋美深情地握住他的手說。

「今天能落腳在這個純樸的小島上，我必須感謝二個人。」老毛神情嚴肅地說。

「誰？」古秋美迫不及待地問。

「其一是給我友情的老陳，其二是給我愛情的古秋美。」

「怎麼說呢？」

「從退伍就業到成家，一路走來都蒙受老陳義務的幫忙，如果沒有他的拉拔，一旦回到台灣，不是流落街頭當遊民，就是寄人籬下、看人家的臉色過生活。而妳古秋美則是改變我一生的女性，如果沒有妳的慧眼和賞識，家，或許依然在山的那一邊、海的那一頭，我老毛永遠是單操一個。」

「坦白說，在你的生命中，我扮演的只是一個微不足道的小角色，老陳才是我們應該感謝的對象。這個家能那麼順利地打造起來，所有的大小細節，幾乎都是他幫我們規畫和張羅的。如果沒有他，就沒有我們這個家，說不定現在還待在那個鬼地方，永遠翻不了身。」古秋美說。

「老陳待我們夫妻，真是沒話說，有時想請他吃頓飯，他總是百般的推辭，捨不得讓我們花錢，真不知要如何感謝他才好。」老毛說。

「很多人都說金門人較重情義，從許多地方來看，確實是名不虛傳。老陳和這裡的村民，就是活生生的例子。」古秋美做了一個譬喻，「例如前陣子我送了吳嫂一把青菜，她馬上回送二條魚；送了幾根蔥和一點芹菜給張媽，她卻送我們一小盆花生；陳伯伯看見我們家在撿廢金屬品，還叫他孫子把一些不要的鋁鍋鋁盆全都拿來給我們賣錢，要舉的例子實在太多、太多了……。」

「古人說：敬人者，人恆敬之，相互尊重是為人的基本原則。不要忘了我們是從外地來的，更應該去瞭解當地的民情風俗和歷史文化，才能融入這個社會。遇有婚喪喜慶，要主動去幫忙；村人有急難，要主動去關懷；有能力幫助別人，總比接受別人幫助好；為善不欲人知，助人不必求回報。這些粗淺的道理，相信妳都懂。」

「老毛，你放心，我會深深地記住你說過的每一句話，不會讓你失望的。」

「阿美，妳不愧是我的好老婆。」老毛興奮地說：「別忘了，這個幽靜純樸的小島嶼，不僅是我們現在落腳的處所，也將是我們百年後長眠的好地方，我們一定要好好珍惜與這座島嶼結下的情緣。」

「我能體會到你此時的心情，」古秋美神情嚴肅地說：「我們似乎都有把異鄉當故鄉的共識，更會以一顆虔誠之心來熱愛這片土地和祂的子民。老毛，我愛你，也愛我們的孩子，更愛這個沙白水清、綠樹成蔭、敦厚善良、樸實無瑕的小島嶼……。」

老毛興奮而激動地點著頭，豆大的淚珠已在眼眶裡蠕動，他無語地挽著古秋美的手臂，緩緩地走到大門口，佇立在那片青蒼翠綠的菜圃旁，舉頭仰望蔚藍的蒼穹，當那一簇簇美麗的雲彩掠過他們眼簾時，彷彿是一個個幸福的果實在等待他們去擷取。人生原本就是美麗與醜陋交織而成的，虛偽的假面，總有被拆穿的一天；真實絢爛的靈魂，方能在這個錯綜複雜的社會生存。一個有家歸不得的退伍老兵，一個歷盡滄桑的侍應生，當他們選擇在這個小島落腳時，島民所展現的是寬宏的度量和包容的心，只因為他們的血脈已與這方島嶼相連結……

9

日子在幸福安逸的時光中度過，古秋美雖然每天神采奕奕地打理這個家，但並沒為老毛生下一男半女，為了這件事她始終耿耿於懷。

「不要想那麼多，一切順其自然。況且，我們已經有了小傑，如何把他教養成人，比再生一個還重要。」老毛總是這樣安慰她說。

「可是小傑他姓古啊。」古秋美在意地說。

「姓什麼都一樣。」老毛不在乎地說：「長大後，只要他記住是誰含辛茹苦地把他養育成人就好，為什麼一定要去計較他的姓氏。」

「你真的不在意？」古秋美有些疑惑。

「妳怎麼比我還頑固呢？」老毛笑著說。

「我再怎麼想也想不到，你竟然什麼事都比我看得開。」

「俗語說，知足常樂啊，」老毛豪爽地說：「人世間的瑣事，簡直數也數不清、想也想不完、做也做不了，不要去鑽牛角尖，只要記住平安就是福這個簡單的道理就好。」

「老毛，我的見識確實沒有你那麼寬廣，」古秋美怡悅地笑笑，而後淡淡地說：「幸福的時光彷彿過得特別快，小傑馬上就要上學了，勢必會讓你的肩頭更沉重。」

「為妳們母子，再重的擔子我也挑得起。」老毛輕輕地拍拍她的肩，柔情地說。

老毛的勤奮，古秋美的賢淑，小傑的聰穎，是創造幸福美滿家庭的主因。

日復一日，時序立秋過後是處暑，學校開學了，小傑興奮地背著書包，跟隨同村的孩童們上學了。他雖然來自鄉村，但長得眉清目秀，穿著整齊清潔，一副聰明伶俐的可愛模樣，的確與同村同齡的孩童們差異很大。在校受教的幾年間，除了功課好、成績名列前茅外，舉凡校內的各種比賽，古志傑同學幾乎從未缺席，貼在自家大廳牆壁上的各式各類獎狀，少說也有幾十張。因此，得到老師諸多的疼愛和同學們的羨慕，然而，卻也受到少數功課不好、又調皮搗蛋的同學的嫉妒。

清明節前夕，準備參加全縣教孝月國語文競賽的同學們，放學後必須留校接受老師的課外輔導，以爭取更好的成績。小傑參加的是作文比賽，當老師輔導結束後，天色已晚，又有濃霧，大地一片迷濛，視線有些模糊，同村的同學早已先行回家了，只剩下他和一位名叫陳寶娟的女同學，二人一起走在回家的小路上，剛走出校外，經過一片樹林，卻突然被二位同學擋住。

「古志傑，」其中一人叫著他的名字，隨即推了他一把，「別以為你功課好，得到老師的寵愛就臭屁啦！」

「林坤良，你為什麼推我？」小傑高聲地問。雖然視線不好，但一聽聲音，他很快就辨識出是乙班的林坤良。林坤良功課不好不打緊，仗著家裡有錢，以及四肢發達的優勢，被他欺侮的同學無數，儘管經常被老師處罰，依然我行我素，儼若一個缺乏管教的小流氓。

「推你又怎麼樣？」林坤良又推了他一把，「老子早就看你這個小雜種不順眼了！」

「你才是小雜種！」小傑知道小雜種是一句壞話，不甘示弱地說。

「誰不知道你媽以前在軍中樂園，專門給阿兵哥打砲的！」另外一個人說。小傑聽出是乙班的李家誠，他和林坤良是臭味相投的同夥。

「李家誠，你敢亂說我就對你不客氣！」小傑咆哮著說。

「來呀，軍樂園臭查某生的小雜種，」李家誠挑釁著說：「不客氣你又能把我怎樣？」

「你亂說，你亂說！」小傑瘋狂地衝向李家誠，「我打死你！我打死你！」

「你這個不知死活的小雜種，」高他一個頭的李家誠，使出力氣，一把把他推開，「還想打我？」

小傑又衝了過去，高頭大馬的林坤良走了過來，抓住他的手臂，使出力氣，快速地把他推倒在地上，還口出狂言：「你這個小雜種，眼睛給我睜大一點，如果還敢臭屁，隨時教你好看！」

「你們怎麼可以打人？」站在一旁嚇呆了的陳寶娟，終於出聲。

「打人又怎麼樣？」林坤良囂張地指著她說：「妳這個小美人想替他報仇是不是？來呀！來呀！」

「我明天就報告老師。」陳寶娟大聲地說。

「去呀、去呀，」李家誠推著她的肩膀，「現在就去呀！」

「別以為我不敢！」陳寶娟依然大聲地。

「別理她，」林坤良向李家誠揮揮手，「我們走！」

小傑雖然受到極大的侮辱，右腿也擦了點傷，但他並沒有哭泣，忘了身邊替他仗義執言的同學，快速地往回家的路上跑。當老毛和古秋美在大廳等待兒子回家吃飯而看到他這副狼狽相時，同時慌張地走到他身邊，驚訝地問：「怎麼了，跟人家打架啦？」古秋美順勢俯下身，輕輕為小傑拍拍短褲上的泥沙，當她看到孩子腿上有擦傷的傷勢時，緊張地說：「老毛，你看，小傑腿上擦傷了，趕快去拿碘酒來幫他擦擦。」

「到底是怎麼啦？」老毛喃喃地說，快速地往房裡走。拿了碘酒，又順手拿了毛巾。

兩人都沒有再問孩子是為什麼。古秋美幫孩子擦碘酒，老毛為他擦臉、擦手。而內心的不捨，似乎都寫在他們蒼老的臉上。

當他們細心地為孩子擦拭完後，小傑卻突然伏在古秋美的身上，雙手緊緊地抱住她的腰部，放聲地哭了起來，不停地哭，哭得很傷心。古秋美輕輕地撫撫他的頭，柔聲地問著：「怎麼啦？怎麼啦？」，老毛也走了過來，慈祥地安慰他說：「有什麼事要告訴爸媽，我們會替你解決的，小傑乖，不要再哭啦！」

小傑依然緊抱古秋美的腰部，傷心地哭泣著。就在他們夫妻不知所措時，陳寶娟背著書包、喘著氣來到他們家。看到小傑哭得那麼傷心，迫不及待地對老毛說：

「江伯伯，是乙班的林坤良和李家誠，他們兩人欺侮小傑的。」

「妳是說林坤良和李家誠他們兩人合力欺侮小傑？」老毛不解地問。

他們罵小傑是軍樂園臭查某生的小雜種，」陳寶娟據實說：「然後又把他推倒在地上。」

古秋美一聽到「軍樂園」這三個字，咬著牙緊繃著神經；再聽到「小雜種」這句話，幾乎讓她整個人崩潰。她摟緊著小傑，久久說不出話來，一滴滴悲傷的淚水順勢而下，滴落在小傑的頭上。

老毛目睹如此的情景，不知該用什麼話來安慰她們母子。只好先轉換話題，對陳寶娟說：「在伯伯家吃晚飯好不好？」

「謝謝伯伯，」陳寶娟禮貌地說：「晚了，我要回家了。伯伯再見！古阿姨再見！」

陳寶娟走後，老毛重新擰了毛巾，把小傑從古秋美身邊輕輕地拉了過來，為他拭去淚痕。

「不要和那些沒有教養的野孩子計較，」老毛的雙眼，散發出二道慈祥的光芒，「時間不早了，大家都餓了，我們先吃飯，好不好？」

小傑看看他，點點頭。

那晚，古秋美難過得幾乎沒有了食慾，含在嘴裡的米飯久久沒有嚥下，小傑吃飽回房做功課後，老毛深情地說：

「怎麼妳也和那些不懂事的孩子計較起來啦？」

「老毛，我不是計較，而是難過，也是我心中永遠的痛。」

「不要忘了，妳除了為自己而活外，也要為無辜的孩子而活，更要為深愛妳的丈夫而活。而活著，必須把過去那段悲傷苦楚的日子忘掉，如果太在意世俗投射在我們身上的眼光，永遠不能從痛苦的深淵裡逃脫出來，那勢必會活得很難受、很痛苦。」

「我深恐會傷了孩子的自尊心。」古秋美有所顧慮地說。

「孩子現在還小，一時難免會承受不了，等他長大思想成熟後，必然會瞭解和體恤父母過去的處境。只要我們施以愛心，適時加以誘導，小傑又是一個聰明的孩子，相信他會接受的。不要想那麼多啦。」

「好不容易離開那個環境，也得到左鄰右舍的認同，如今又必須面對另一個挑戰，這是我始料不及的。」

「想開一點，不幸的女人何止妳一個啊！」

「或許，我是比其他不幸的女人更幸運的；因為我不僅有丈夫、也有孩子，應該滿足才對。」

「我很贊同妳此刻的想法，凡事要往好的方面去想，這個世界雖然構造的不完美，但處處依然充滿著溫暖，尤其在這個純樸的小島上。」

「這點我能理解。」古秋美的情緒平復了許多，「或許我的心眼真的太小了，包容的度量也不夠，更沒有必要去在乎那些童言童語。」

「不錯，凡事要往好的方面想，心裡才會舒坦，日子才會過得快樂。」

「老毛，碰到這些煩心的事，如果沒有你的安慰和開導，我真不知要如何才好。」古秋美柔情地說。

「阿美，夫妻本是同林鳥啊……」

然而，這件事並沒有因此而罷休。陳寶娟回家時把小傑受辱的經過告訴了母親，到學校上課時又向老師報告。陳寶娟的母親阿巧一早就夥同左鄰右舍的叔嬸哥嫂來關心。

「我們應該向那二個無父無母的死囝仔討個公道，」阿巧氣憤地說：「不要認為我們村子的人好欺侮！」

「阿巧說得沒有錯，我們要把欺侮小傑的那二個死囝仔揪出來，好好教訓教訓，看他們以後還敢不敢！」阿猜嬸不平地說。

「謝謝妳們的關心，」古秋美紅著眼眶，安慰她們說：「小孩子不懂事，別和他們計較啦。」

「這兩個人在學校不好好讀書，經常藉故滋事，專門欺侮善良的同學，我的孫子也曾經被打過。俗語說：養不教父之過，他們家好像沒有大人似的，任由他們胡作非為，簡直欺人太甚！」阿樹伯氣憤地說。

「來來來，大家進來喝茶，」老毛從屋裡走出來，禮貌地招呼著說。

「老毛，你們夫妻倆真是太忠厚啦。」阿巧埋怨他說。

「謝謝大家的關心，」老毛忍受內心的苦楚，勉強地說：「小孩子嘛，難免會打打吵吵，過了就沒事啦。」

儘管大家都認同他們夫妻兩人的包容心，但還是認為此風不可長，必須向學校當局反映，以免再發生類此事件。

中午放學後，訓導主任把林坤良、李家誠、古志傑、陳寶娟留下。

「林坤良、李家誠，」訓導主任用教鞭指著他們問：「古志傑跟你們有什麼仇恨，你們為什麼罵他又打他？」

兩人低著頭，不敢哼聲。

「報告主任，林坤良先推古志傑，又罵他小雜種；李家誠罵他是軍樂園臭查某生的小雜種，又把他推倒在地上。」陳寶娟毫不懼怕地仗義執言。

「把頭抬起來！」訓導主任對著他們二人，厲聲地說：「小小年紀不好好讀書，成天惹事生非，把手伸出來！」

兩人同時伸出手，當主任把教鞭高高地舉起時，他們懼怕地把手縮了回去。

「男子漢大丈夫，敢罵人又打人，就要有接受處罰的勇氣。」主任教鞭一揚，兩人的眼睛同時眨了一下，「把手伸直！」兩人同時又把手伸出來，但主任只是嚇唬他們，並沒有真的打下去。「古志傑是一個非常用功的好學生，除了功課好，待人又有禮，你們不但不向他學習，反而看他不順眼，罵他臭屁，罵他小雜種，又侮辱人家的母親，你們這種行為對不對？」主任說後，用力地拍了一下桌子，「對不對？快說！」

「我錯了。」林坤良微微地抬起頭，偷瞄了主任一眼。

「你呢？」主任對著李家誠說。
「我也錯了。」李家誠不敢把頭抬起來。
「既然你們知道錯了，馬上向古志傑同學道歉。」
「對不起，古志傑。」兩人同時轉頭，向古志傑鞠躬道歉。
「如果以後敢再罵同學、打同學，或找同學麻煩，你們隨時給我小心！」主任用教鞭猛力地拍打了一下桌子，疾聲地警告他們說。
孩子的事雖然已經落幕，然而，古秋美的心中卻有一個揮不去的陰影，自己的不幸，勢必會讓子孫蒙羞。儘管她已遠離昔日那個環境，從良嫁做人婦，過了一段幸福快樂的時光，而今，卻被一個無知的孩子，再次地挑起她內心的疼痛，讓她陷入痛苦的深淵裡。幸好，孩子是乖巧懂事的，並沒有因自己的母親曾經是軍中樂園的侍應生，以及不同姓氏的父親是一個屆齡退伍的老北貢而自卑。相反地，卑微的出身，讓他更謙虛、更奮發、更有鬥志，更懂得潔身自愛和孝順父母。孩子的領悟力和記憶力都很強，加上較高的自我要求和不斷地學習，在求學的過程中，從小學、國中、高中到大學，在各級老師的指導下，一路走來竟是那麼的順暢，讓老師和家長無憂無慮，這或者也是老毛和古秋美最感安慰的地方。

10

經過一番評估，老毛決定辭去開計程車的工作，專心做廢金屬品買賣的生意。然而，他並非挑著籮筐出門去撿拾，而是憑藉著幾年來累積的經驗，做起了買賣廢鐵的中盤商。

他向村人租了一片廢耕的農地，築了簡單的圍籬，搭了一個能遮風避雨的棚子，備了磅秤，按斤計算向一些專門撿拾破銅爛鐵的朋友們收購，再加以分類綑綁或裝袋。每年金防部會成立一個「廢金屬品處理小組」，專門負責收購民間的廢金屬品，然後轉運赴台銷售，承辦這個業務的正是他服務於政五組的朋友老陳。

當然，以老陳的辦事態度，絕不會在斤兩上以少報多或抬高價錢來圖利他，唯一的就是在預定後運的時間上，會提前通知他做準備，以免時間過於急迫讓他腳忙手亂、準備不及。

古秋美在忙完家事後，總會泡壺茶、帶些點心來到老毛工作的場地，除了順便幫幫忙外，也深恐老毛過於勞累，藉機讓他多休息休息。

「老毛，休息一會，喝杯茶再整理啦。」古秋美把籃子放在臨時搭建的棚子下，高聲地喊著。

「來囉。」老毛回應著，並順手取下斗笠，稀鬆的髮絲早已滿佈雪霜，長期在陽光曝曬下，竟連臉上那一條條深深的紋路，也呈黑色的線條。爾時類似毛澤東的相貌，此時已完全變了樣，或許，該叫他一聲毛公公較貼切。

「快坐下來休息休息、喝杯茶。」古秋美邊說邊為他倒了一碗茶，又從籃子裡取出糕餅，「來，這裡有點心。」

老毛坐在一張木板墊著洋灰磚的克難椅子上，從古秋美手中接過茶，古秋美又遞給他一塊糕餅。

「這些年來，實在辛苦你了，」古秋美愛憐地看看他，「我看以後不要收那麼多啦，那會把你累垮的。」

「我只是做一些整理分類和綑綁裝袋的工作，一點也不累；真正累的是那些挑著籮筐到處去撿拾的朋友們。」老毛喝了一口茶，淡淡地說：「坦白說，這幾年來我們確實賺了不少錢，而這些錢純粹是他們幫我們賺的。一旦我們拒收了他們辛苦撿來的那些東西，他們必須挑到更遠的地方去買，價錢也會任由人家亂殺，那點微薄的小錢，無形中又要縮水了，教他們怎麼過日子。」

「你總是處處替別人設想，但願不要累壞才好。」古秋美有些許埋怨，亦有點擔心地說。

阿美，」老毛喝了一口茶，順手把碗放在椅上，看著她說：「這塊地的業主有意思要出售，我想把它買下來，除了繼續做為我們收集廢鐵的場地外，靠右的那一邊，我們可以蓋一棟房子，也算有一個自己的棲身之所，不知道妳的意思如何？我很想聽聽妳的意見。」

「真的？」古秋美驚訝地，「你真的有購地建屋的打算？」說後又有一點擔憂，「我們有那麼多錢嗎？」

「這點妳放心，我已經盤算過了。」老毛信心滿滿地說：「除了原來的存款可以運用外，聽老陳說，今年的廢金屬品下個月就要處理了，一旦處理過後，馬上又有一筆收入。況且，一棟房子並不是三天二天可蓋成的，營造商必須告一個段落才會向我們收取建築費用，在資金週轉上不會有問題的。」

「老毛，坦白說，有一個屬於我們自己的家，我已經心滿意足了；如果又有一棟屬於我們自己的房子，那真是太好了、太美了。」古秋美高興地說。

「阿美，人生就是這樣，我們必須隨著孩子的成長而蒼老，」老毛感嘆地說：「等小傑大學畢業回金門服務後，我們也該休息了。屆時，我們將利用這片空曠地，種些蔬果花木，每天澆水賞花，過著優優閒閒的日子，什麼事也不必去管、去操心了。」

「小傑很快就畢業了，真到了那個時候，你捨得放下這堆破銅爛鐵嗎？」古秋美疑惑地問。

「當然捨得！」老毛不加思索地說：「人生實在太短暫了，一眨眼，幾十年的時光就那麼無聲無息地過去了；我們還有多少人生歲月？幾個十年二十年？」

古秋美聽後有點感傷，緊緊地偎依在他身旁，情不自禁地拉起他的手，輕輕地拍拍他的手背，當他們四目相對時，從內心流露出來的，彷彿是一道道無所取代的幸福光芒，而不是爾時那段悲傷苦楚的舊有時光。

從購地到建屋，一切都比預期來得順利，這必須歸功於村中長老的協助和精神鼓勵。老毛和古秋美總是這樣想：如果不能與這方土地和祂的子民心連心地結合在一起，進而獲得他們的肯定和認同，又怎能在這裡落地生根。雖然，這個村落只有他們一家是不同的姓氏，但村中長老並沒有把他們當外人，喜慶時的「口灶份」，沒人敢跳過他們這一家。然而，遇有喪事，老毛總是當前鋒，從挖墓穴到抬棺木，從不缺席。碰到村人有急難，古秋美是第一個主動去關懷的人；她讀書不多，卻懂得雪中送炭的箇中道理。今天，他們願意以畢生的儲蓄在這裡建立家園，村人幾乎拍紅了雙掌熱誠的歡迎，讓他們感到相當的窩心。

時光往往在不經意中從指隙間溜走，新居即將落成時，小傑也正好大學畢業回金門，他受的是師範教育，很快就應聘到國中擔任教職。人逢喜事精神爽，對老毛和古秋美來說，的確是最好的寫照。一個退伍老兵，一個曾經歷盡滄桑的侍應生，他們憑藉著自己的雙手，打造出一個幸福美滿的家園，進而讓孩子接受高等教育的洗禮，未來必是一位作育英才的好老師。在這個現實的社會裡，如果沒有付出痛苦的代價，焉能得到甜蜜的果實，這是值得多數人深思的。

那天，老毛和古秋美夫婦，備了酒席，在新廈宴請村人和親友。雖然是新居落成，唯獨獨接受他們的朋友老陳，贈送一台直立式電風扇，其他的賀禮一概婉謝。當賓主盡歡、酒宴結束、客人走後，老陳在老毛夫婦盛情的挽留下，坐下來喝茶。

「新廈落成了，孩子也學成了，對你們夫婦來講，可說是雙喜臨門。」老陳說後，又順便提醒他們說：「說真的，你們也不必那麼辛苦了，該休息休息享享清福啦！」

「不瞞你說，我和阿美都有這個打算，」老毛說後又有些無奈，「不過這種生意也不是一下子就能結束的，有時候必須替那些挑著籮筐四處撿破爛的朋友們著想。」

「我知道你處處替別人設想，但你還有多少時間、多少精力可消耗的？」老陳不屑地訴說他，「你這輩子夠勞碌啦！」

「爸，陳叔叔說得沒有錯，你和媽都應該休息了，」坐在他身旁的小傑說：「你年輕時為國為民，退伍後為家打拚，媽為家操勞為兒煩心，今天，我已經長大學成了，相信有足夠的能力來奉養你們。你們就別再那麼辛苦勞累啦！」

「小傑，你的這番孝心，我和你媽都能體會到，」老毛的眼眶微紅，「但不要忘了，陳叔叔才是我們家的大恩人。如果沒有他，就沒有我們這個家，千萬要記住飲水思源這句話，更要懂得感恩。」

「爸，您放心，我會永遠記住陳叔叔對我們的恩情。」小傑說後，禮貌地向老陳點點頭。

「老毛，大家兄弟一場，別說這些無聊的話好不好。」老陳不在乎地說。

「那是我和阿美隱藏多年的真心話。」老毛說後，看看古秋美。

「老毛沒說錯，」古秋美嚴肅地，「當初如果沒有你的幫忙，老毛的家永遠在山的那一邊，我勢必也會帶著小傑浪跡天涯、流落街頭。」

「不必說那些客套話。坦白說，一切都必須歸功於緣分，」老陳笑著說：「首先是你們的夫妻緣，再來是父子緣、母子緣，繼而是我們的朋友緣。如果沒有這些世俗所謂的緣，今天我們也不會聚在一起。就讓我們好好珍惜它吧！其他的就不必多說了。」

「從我們認識到現在，你待我如兄如弟、如同自己的手足。尤其你年輕，又長期在大單位服務，看多了大官，但並沒有嫌棄我們這些卑微的小人物，始終以禮相對、以誠相待，這是一份多麼難得的友誼啊！」

「老毛，如果你承認我們如兄如弟、情同手足，你今天必須聽我的勸告，答應我一件事。」老陳賣著關子。

「只要我做得到，別說一件，十件、百件我老毛也沒話說。」老毛爽快地說。

「好，夠爽快！」老陳先肯定，後又婉轉地說：「我們打開天窗說亮話，年底是收購你廢金屬品的最後一次，希望你能接受老兄弟的勸告，一旦清運過後，馬上停止收購。不要認為你那幾根老骨頭像鐵一般硬，它也有氧化的時候。該休息啦！」

「這個……」老毛已聽清楚了老陳話中的含意，有點為難地。

「不要這個那個，」老陳有點激動，「這件事不僅是老朋友的希望，也是小傑的期望，更是古秋美的願望！」

「爸，陳叔叔沒說錯，這是我們共同的願望，您不能再那麼辛苦了，是該休息的時候了。」小傑懇求著說。

「老毛，人生幾何，勞碌了一輩子難道還不夠嗎？」古秋美加入勸說：「現在我們有自己的房子，又有一塊地，小傑也長大學成了，馬上就要為人師表，每月有固定的月俸，生活不成問題啦。我們就優閒優閒地等著娶媳婦抱孫子吧！」

老毛搖搖頭，苦澀地笑笑，沒有回應。

「老哥哥，」老陳指著他，大聲地問：「你聽清楚了沒有？」

老毛雙眼凝視著老陳，眼眶有點微紅，而後哽咽地說：「老兄弟，我聽你們的，人老了的確不能逞強，除了要好好休息休息外，我也得利用餘生陪陪阿美，多多關照這個家，不能一輩子與那些破銅爛鐵為伍。」

「這就對啦！」老陳高興地說。

「爸爸……」小傑興奮地緊握他的手。

「老毛……」古秋美感動得眼眶都濕了。

老毛終於做出了此生最大的抉擇——不再與那些破銅爛鐵為伍。

他也鄭重地告訴部分以撿破爛為生的朋友們，在他尚未結束營業的這段時間，只要是廢金屬品他都願意照單全收，不再像以前那麼嚴格地挑選，收購價錢也略為地提高，純粹是為了酬謝這些長期和他合作的老朋友。一旦處理完這批貨、空出這片地，過完年春天一到，他就開始整地鬆土，親手種些蔬果和花木，過著優閒的農村生活，實現他對古秋美的承諾。屆時，他將挽著老伴，漫步在旭日東昇的鄉間小道，呼吸新鮮清新的空氣；或是走在黃昏暮色的沙灘海岸，看看夕陽西下、落日最後的餘暉……

然而，世事往往讓人難以預料，在金防部廢金屬品處理小組即將前來清運的前夕，老毛又收購了一批廢金屬品，裡面有鐵罐、鐵棒、鐵桶、鋼筋、臉盆、鋁鍋、鋁盆、彈頭、彈尾、彈片、彈殼……大大小小，五花八門，幾乎是包羅萬象什麼都有；甚至還有好幾顆大小不一、生銹陳舊的砲彈。

這幾顆砲彈雖然是對岸共軍打過來的，但並未爆開成碎片，有些裡面可能還殘存著火藥。在他的印象中，好像有部分是以前曾經拒收過的貨品，現在竟然又乘機混在一起搬出來賣，未免過份了一點。老毛雖然如此地想，卻一點也不為意，依然以照顧那些撿破爛的朋友為優先，因為他是過來人，知道其中的甘苦和辛酸。

關於廢彈，這幾年來他確實收購過很多，類似今天這種情形也經常有過，反正運到台灣後，得標的鋼鐵廠在處理時也會嚴加篩選和管控。對於這些廢彈，金防部廢金屬品處理小組雖然有嚴格的規定，但因數量過於龐大，並沒有一顆顆嚴格的檢查，不合規定而被矇騙過關的情事屢見不鮮。台灣的鋼鐵廠，在熔解和提煉金門運送過去的廢彈時，也從未聽說過有爆炸的情事發生。

依據經驗，老毛總是先把外沿一圈厚厚的銅圈敲下，然後銅、鋼分別歸類，銅的價錢較鋼為高，而向那些販賣廢鐵的朋友收購時，卻是以一般廢鐵的價錢來計算的。

老毛敲敲打打，順利地卸下三個銅圈，順手往銅堆裡一丟，發出一聲悅耳的鏗鏘聲。當他再次搬來一顆準備敲卸時，卻發現它的體積較一般為小，重量則比其他幾顆來得重，彈頭上的旋鈕也沒有脫落，好像是一顆未爆彈，而這種類形的砲彈，以前似乎沒有見過，他提醒自己要小心。

老毛雖然對自己提出警告，但彷彿一點也不在意，心裡想，只要不敲到它的彈頭和引信就好。況且，一顆那麼重的砲彈，要用多少磅數的火藥才能發射到這裡來，他只是敲下外沿的銅圈而已，談不上有什麼危險性可言。這些年來，他敲過的砲彈種類可說無數，卸下的銅圈銅片為數也不少，從未發生過任何的意外，讓他賺了不少錢，這或許也是他充滿信心不怕危險的地方。

可是，沒有發生過意外，並不表示永遠不會發生。老毛在軍中的專長起初是文書，後來是運輸，雖然歷經無數戰役，但他手握的是步槍和手榴彈，對於兵工和砲兵的知識可說是陌生的。兵工的未爆彈處理，砲兵的火藥裝填和發射，都必須經過專業的訓練，老毛為了廢銅能賣到較高的價錢，僅憑一點淺薄的經驗，就逕行敲打起來了，把自已的安全置身於度外，的確讓人感到憂心。

突然轟隆一聲巨響，老毛不知是誤敲到它的引信，還是敲擊力氣過大、迸出的火花把它引爆，只見轟隆過後，一股嗆鼻的濃煙直上雲霄。在廚房準備午餐的古秋美，聽到震耳的響聲來自自家的週遭，再看到門窗上的玻璃被震碎一地時，不禁愣了一下，也打了一個寒噤，內心同時湧起一個不祥的預兆，老毛佝僂的身影在她腦海裡不停地盤旋著。於是，她奮不顧身地往外跑，當她上氣不接下氣跑到老毛工作的場地時，老毛已血肉模糊地倒在血泊中。

「老毛，老毛，」古秋美傷心慘目地俯下身，抱住血跡斑斑的老毛，而後驚慌失措地狂叫著：「救命啊，救命啊！救命啊，救命啊！」

而他們的住處在村郊，距離村莊還有一小段路，村民雖然聽到轟隆的巨響，但以為是附近駐軍爆破石頭的聲音，並不在意。對於古秋美的呼喊聲，似乎也沒有聽到和注意到。

「救命啊，救命啊！」古秋美依然聲嘶力竭的呼喊著：「救命啊！救命啊！」

過了一會，當村人聽到古秋美悲悽哀號的聲音，相繼地趕來時，她已昏厥癱瘓在老毛滿是血的身旁。只見現場有些紛亂，村人驚恐地圍繞在出事的地點，七嘴八舌地說著：

「趕快叫救護車送他到醫院急救！」是驚慌求助的聲音。

「晚了，頭顱破裂，手臂也斷了。」是惋惜悲切的聲音。

「流那麼多血，斷氣了，沒救了。」是哀傷歎惋的聲音。

「先扶阿美回房裡休息。」是關懷憐憫的聲音。

「快到學校叫小傑回來。」是急促催人的聲音。

即使村人發揮大慈大悲大愛的互助精神想施以救援，老毛終因右手臂被炸斷失血過多，頭顱被彈片重擊腦漿四溢當場殉難。儘管古秋美和小傑流盡悲傷哀痛的淚水無法接受這個事實，依然不能挽回老毛寶貴的生命。

人生朝露，生命無常，誰能料想到一生為國犧牲奉獻、歷經無數戰役的老毛，並沒有戰死在沙場；為家盡心盡力、為兒辛苦為兒忙的老毛，也沒有在子孫圍繞的「水床」上往生，而是悽慘地被炸死在那片破銅爛鐵堆裡。是命運多舛？還是老天不公？有誰能為一個有家歸不得、骨埋異鄉的退伍老兵，求得一個完美的答案？

老毛出殯的那一天，年輕力壯的男丁爭著要為他抬棺，長老沿途為他散發紙錢，旅外的村人趕回來送他一程；男士別著黑紗，女士白衣素服，兒童胸前別著素色的方巾來執紼，個個紅著眼眶依依不捨地送他上山頭。

古秋美悲傷過度、數度昏厥，但終究還是要面對殘酷的事實。

小傑手持哭喪棒，捧著簇新的神主牌，金色字體清晰地刻著：

顯考江公諱中漢神主

孝男江志傑奉祀

誠然，小傑體內流的並非是江家的血液，但他卻有義務來延續江家的香火。即使至今他的身分證上仍然是父不詳，但他早已把老毛當成自己的父親來對待，在神主牌刻上：「孝男江志傑奉祀」並無不妥之處。他能有今天的成就，亦是老毛費盡心力一手拉拔長大的，此時為他盡孝是理所當然。過些時日，他將徵求母親的同意，親自到戶政事務所提出申請，把自己的姓氏由古改為江，並在身分證的父欄裡，請戶政人員填上江中漢三個字。小傑明事理、知事體的孝心，讓古秋美心中多了些安慰，而九泉下的老毛又有何憾？

然而，孩子雖然已長大成人，古秋美卻要面對失去老伴時的哀傷；而老伴的慘死，更是她內心永遠不能磨滅的悲痛。往後的人生歲月，勢必要靠著孩子的攙扶，始能走完坎坷的人生旅程……。古秋美想著、想著，不禁又淚流滿面、傷心欲絕……

老陳紅著眼眶，噙滿著淚水，在替老毛上香的同時，難掩內心的悲痛，哽咽地說：

「朋友，你好走，不久的將來，天堂見……」

當親友們悲傷哀慟的同時，卻也欽羨來自山那邊、海那頭的老毛，在歸鄉的路途斷絕時，竟能長眠在這個有青山綠水相伴、蟲鳴鳥叫相陪的小島嶼。儘管眾人有所不捨，但這卻是人類無法抗拒的命運，雖然難以接受，則必須承奉，要不，又能奈何？而此時此刻，彷彿才是老毛遠離塵囂、擺脫人間一切苦難，真正得到休息的時候……

驀然，小小的山頭颳起一陣強烈的淒風，天空霎時烏雲密佈，豆大的苦雨傾盆而下，它意味著什麼？又顯露出什麼？難道是蒼天有眼，人神共哀，同為不幸殉難的老毛，灑下一滴滴悲涼的淚水……

原載二〇〇五年七月十日至八月十二日《金門日報．浯江副刊》

人民公共客車

1

雞椆仔內的雞角公剛喔喔地啼過，窗外雖然露出一絲銀色的曙光，屋內則是烏暗的一片。這是時序寒露過後的深秋，早晚有點涼意。

阿順哥揉著惺忪的睡眼，掀開破舊而滿佈油垢的棉被，快速地從門板鋪成的「眠床」翻身而起。只見他雙腳不停地在地上尋覓，不一會，古銅色的腳板隨即套進那雙棕毛木屐裡，而喀喀的木屐聲並沒有讓長長的秋夜完全甦醒。他摸黑走到門旁，停留在那只木製的「粗桶」前，而後直接從下身那條寬鬆的短褲管裡，掏出那根學名叫陰莖的東西，極其自然地對準粗桶，隆隆地排出蓄積在膀胱一整夜的尿液，復用手握住陰莖輕輕地抖動，試圖把尿道口未排淨的尿液抖乾，以免沾濕內褲。排洩過後，鼓漲的小腹在驟然間得到抒解，阿順哥感到無比的輕鬆暢快。

然而在密閉且空氣不通暢的小房間裡，原本房裡那半桶混濁發黃的尿液，早已散發出一股難聞的尿騷味，經過阿順哥使力地一洩，粗桶裡隨即浮現出許多大小不一的尿泡。在新舊尿液的攪和下，其尿騷味更加地濃烈嗆鼻。在傳統的農村裡，幾乎家家戶戶都備有婦女便溺用的「粗桶仔」以及男性小解用的「粗桶」。這兩種木製的便桶在農家不僅處處可見，其散發出來的氣味也處處可聞，更何況尿液和糞便都是農作物不可缺少的養分，也是農家主要的肥料來源。

可笑的是排洩在粗桶裡的尿液，經常要等到八分滿時，才抬出去倒在「屎礐」裡儲存。一旦到了夏季，不僅臭氣沖天，如果三兩天沒清理，還會長出一條條白色微黃的蛆，牠們時而在尿中游移，時而利用其環節在桶緣爬動。如此之景象，農人們似乎早已見怪不怪。頑皮的孩子們甚至還會在小便時，用他那管強烈的水注，把爬在粗桶邊緣的蛆沖到桶裡去，讓牠們在尿液裡載浮載沉，一點也不感到噁心和害怕。

忠厚老實的阿順哥，儘管唸過二年國民小學，識得幾個大字，但在大環境的使然下，一個剛滿二十歲的壯丁，除了在家協助父母農耕外，又能做些什麼？全年無休的農家，每到秋收後，有一段時間是較清閒的。早熟又懂事的他，為了體恤父母的辛勞，衡量自家的經濟，竟興起出外打零工的念頭，冀望能找個臨時性的工作做做，好賺點錢貼補家用。於是透過一位遠房表親的介紹，他夥同村裡一個名叫阿山的童年玩伴，一起結伴到城裡一處工地做小工。

小工必須聽從土水師的使喚，時而搬磚挑瓦，時而拌灰攪土，時而挑水提灰，一上工就忙得團團轉。然而，即便是一份早出晚歸、出賣勞力的苦差事，一天又只有五塊錢工資，但對於以農為生的貧苦人家來說則不無小補，更何況並非天天有零工可做。因此，對於這份時做時休的臨時工，阿順哥是備感珍惜的。如果一個月能做上十五天，扣除車資，少說也能賺到幾十塊錢，冬至和過年不愁沒有魚肉祭拜祖先。阿順哥想著想著，一絲喜悅的微笑掠過他黝黑憨厚的臉龐。

2

那天，他們一夥來到車站，金門金門客運公司一部老舊的公共汽車已停在站門口的紅赤土埕等候，阿順哥購好票剛一轉身，右腳則不小心地踩到一個小硬塊，他低頭一看，竟是一小截白色的粉筆。於是他俯下身，順手把它撿起，並逕行上車。

儘管部分早到的旅客已在車上等候，但距離發車尚有一段時間。阿順哥前後左右地看了一下，竟無聊地用粉筆在椅背上寫上1／5，而後又好玩地寫上「人民公共客車」等字樣。

同夥的阿山哥走到他身旁，拍拍他的肩膀誇著說：

「阿順仔，想不到你寫的字比我還漂亮。」

「哪有，我亂塗的啦！」阿順哥靦腆地笑笑，「我只讀小學二年級，怎能與你這個小學畢業生相比。」

「你寫這個是什麼意思？」阿山哥指著1／5的數字問。

「那麼大的一輛車，只上來這幾個人，不只有1／5麼。」阿順哥解釋著說。

「你又不是司機，管它有多少人，真無聊！」阿山哥不屑地，復又指著旁邊那行字，「人家車子明明寫著『金門客運公共汽車』你怎麼把它改成『人民公共客車』？」

「我們老百姓不都是人民麼？」阿順哥解釋著說，「人民花錢買票坐車不就是客人麼？我認為人民公共客車比金門客運公共汽車好聽又有意思。」

「說來也是。」阿山哥點點頭笑笑，似乎亦有同感。

「其實我是亂寫亂說的啦！」阿順哥有些不好意思。

「既然是亂寫就趕快把它擦掉，等一下讓司機看見會罵人的。」阿山哥警告他說。

可是，阿順哥並沒有接受他的勸告把那幾個字塗掉，似乎一點也不以為意。在他單純的想法裡，司機一上車就坐在駕駛座上發動引擎準備上路，那位隨車售票員一旦車門關閉後就站在門旁，不僅不會到後座來，也根本不知道他在椅背上塗些什麼。而且粉筆灰是有毒的，一旦用手去擦拭而找不到地方洗手也不是辦法。管它的，就任由它去吧，倘若讓他們發現被罵再擦也不遲。於是，白色的「1／5」與「人民公共客車」的字跡，就那麼大剌剌地留在客運公共汽車的椅背上。

來到工地，阿順哥隨即捲起衣袖和褲管，拿起工具和同伴一起拌灰和泥、搬瓦砌磚，勤快的腳步聲，不停地在待修的古厝裡穿梭繚繞。即便有部分工作較生疏，但只要土水師一指點，很快就能進入狀況，讓頭家留下深刻的印象。如此之少年家，必是可造之材，將來如果有意在土水界發展，假以時日必能獨當一面。然而事與願違，當他收工回家時，村指導員陪同一位滿面橫肉的麻臉軍官，以及兩個武裝士兵已在大廳等候。一旁的父母親驚恐地直打哆嗦，屋內一反往常地充滿著一股詭譎肅殺的氣氛，阿順哥莫名其妙地一怔，腳步停在庭院斑剝的紅磚上。

「報告隊長，他就是黃大順。」村指導員指著阿順哥，立正站好向麻臉軍官報告著說。

「把他押走！」麻臉軍官尖聲地命令武裝士兵。

兩位武裝士兵快速地從大廳衝出，把阿順哥的雙手扭向背後扣上手銬，復又分別架著他的左右手臂，大聲地叱著，「走！」。

阿順哥除了滿臉疑惑、滿頭霧水外，卻也被這突如其來的場面嚇得目瞪口呆。他咬緊牙，忍受著雙臂的痠痛，竟高聲地怒吼：「我犯了什麼法？我犯了什麼罪？你們為什麼抓我？」

「你犯什麼法到隊上就知道！」麻臉軍官大聲地叱著，復屈著中指，猛力地敲擊著他的頭部，「少在這裡給我大吼大叫的，要不然的話，你會倒大楣！」

老實忠厚、長年與田地為伍的的父母親，竟懾服於這個沒有公理正義的威權時代，以及情治人員的囂張蠻橫而不敢吭聲，眼睜睜地目睹孩子被武裝士兵押走。而孩子到底犯了什麼法、什麼罪？為什麼會無緣無故地被他們抓走？無數的疑問在他們心中盤旋，悲傷的神情全寫在蒼老的面龐，滿腹的苦水只好往肚裡吞。他們該向何處去申冤求助？還是任由憨厚乖巧的孩子自生自滅？兩老竟佇立在大廳的神桌前，無助地面對神龕裡的列祖列宗，流下一滴滴傷心的淚水。而後含淚地燃起一炷清香，祈求神明保佑，冀望孩子能平安回家，不要受到任何的傷害……。

3

阿順哥被關在一個窄小陰暗的房間裡，空氣勉強從手掌大的石頭孔裡流通。牆角鋪了一層麥稈，另一端擺著一只佈滿尿垢的便桶，那是防衛部屬下「新生隊」的一隅。只要涉及到安全方面的人員和百姓，一旦被扣上叛亂、匪諜、為匪宣傳或危害國家的大帽子，幾乎都會被抓到這個暗無天日的地方看管，復再予以刑求逼供。誠然有少數涉案者被判刑，但受到線民栽贓誣陷或挾怨報復而成為冤獄的善良百姓更是不勝枚舉。因此，面對威權統治下的時空，一些較敏感的問題多數鄉親都噤若寒蟬，選擇沈默以對，以免惹禍上身。

不一會，一位士兵搬來桌椅，麻臉軍官手持卷宗，由另一位武裝士兵陪同進來，復把卷宗放在桌上然後坐下。

「黃大順，」麻臉軍官攤開卷宗，猛力地拍了一下桌子，「你他媽的給我立正站好！」

武裝士兵一個箭步，把阿順哥一把拉到麻臉軍官面前，而後用力地踹了他一腳，「還不立正站好！」

阿順哥白了他一眼，而後痛苦地低下頭。

「你他媽好大的狗膽，竟敢公然地在公共汽車上做暗號為匪宣傳！」麻臉軍官怒指著他說。

阿順哥心頭一怔，卻也恍然大悟，原來是早上在公共汽車上塗鴉惹的禍。

「你寫1／5做的是什麼暗號？」麻臉軍官尖聲地問。

「不是暗號……」阿順哥尚未說完。

「不是暗號是什麼？」麻臉軍官氣憤地拍了一下桌子，搶著問。

「我是說車上只有1／5的客人。」阿順哥解釋著。

「你他媽的胡扯！」麻臉軍官看了一下卷宗，又高聲地問：「人民公共客車是什麼意思？」

「我是說坐車的人都是老百姓，老百姓就是人民，人民坐的車，就是人民公共客車。」阿順哥又一次地解釋著，「我純粹是寫著好玩的，並沒有什麼意思。」

「你們這個組織有多少同路人？」麻臉軍官又問。

「那些字是我一個人寫的，我不知道什麼組織，也沒有什麼同路人。」阿順哥再一次地解釋著說。

「你他媽的少在老子面前說瞎話！如果不老實說的話，你給我等著瞧！」

麻臉軍官剛說完，武裝士兵隨即卸下腰間的皮帶，猛力地往阿順哥臀部與腿部抽打下去，痛得他直跺腳。

「我說的是實話。」阿順哥辯解著。

「實話？我看你是不見棺材不流淚！」麻臉軍官使了一個眼色，武裝士兵的皮帶又是一陣猛抽。

「我說，我說……」阿順哥疼痛難忍，雙手抱頭蹲在地上。即使男兒有淚不輕彈，一顆顆晶瑩的淚珠，還是滾落在他的臉頰。

「快說！」麻臉軍官警告著，「如果不給我老實說清楚，皮帶是不長眼睛的，保證讓你皮開肉綻，死無葬身之地！」

「我剛才說的都是實話。」向來誠實的阿順哥，實在找不到一句可以掩飾或圓謊的話，來減輕自身皮肉的痛楚。

「去把辣椒水拿來！」麻臉軍官囑咐武裝士兵，復又指著阿順哥，「我倒要看看你這個小子有多勇猛！」

武裝士兵拿著一個裝著紅色液體的瓶子，隨後是二位拿著麻繩的士兵，進來後就快速而熟練地綁住阿順哥的手腳，然後把他壓倒在地，復扳起他的下顎，讓鼻孔朝上。當辣椒水灌進阿順哥的鼻孔而刺激到鼻腔時，阿順哥隨即被嗆得眼淚直流，疼痛難忍，不停地咳著、咳著、咳著、咳著…，其難受的程度，可說是他此生最大的苦痛。再強壯的身體、再堅強的意志力，也難以忍受如此的折磨和凌虐。於是他不停地呻吟、掙扎，一方面似乎想博取他們的同情，另一方面則想掙開被綑綁的雙手，但那終究是不可能的。

當辣椒水再次灌進阿順哥的鼻腔時，他已完全沒有辦法承受。於是他使盡全力拚命地掙扎吼叫，但依然無法阻擋他們非人性的折磨，最後竟歇斯底里地高聲怒罵：「幹恁娘，幹恁祖嬤，幹恁祖公十八代！我是犯了什麼法、什麼罪，為什麼要這樣凌遲我？簡直比土匪擱較殘忍夭壽！」然而，阿順哥的咒罵聲，非但不能阻止他們的蠻橫，甚至激起他們更大的憤怒。在連續幾個劈里扒拉的耳光後，他眼裡已冒出許許多多大小不一的火金星，隨後竟昏厥過去。不久，一桶冰涼的水從他頭上澆下，他又清醒了過來。

「1／5是什麼暗號？人民公共客車是什麼意思？你們這個組織有多少同路人？如果不把這些問題一個個給我老老實實地講清楚、說明白，你他媽的好戲還在後頭！」麻臉軍官又一次地怒叱著，而後對武裝士兵說：「把他鬆開，明天再問，不怕他不說！」

鬆綁後，阿順哥無力地撫撫被皮帶抽打的臀部和大腿，捏捏燥熱難受的鼻子，試圖擤出那些辛辣的鼻涕來減輕鼻腔的痛苦。而經過冷水澆頭後，他的神智卻突然間清醒了不少。仔細想想，今天之於會遭受這種不人道的凌虐，的確是自己不小心惹的禍。為什麼要撿起那截粉筆？為什麼要無聊地寫那些字？為什麼不接受阿山哥的勸告把它擦掉？難道忘了這是一個與清平完全不一樣的時代？主政者對外宣稱中華民國是自由民主的國家，而這座島嶼則是戒嚴、軍管，處處受到限制，與共產黨又有什麼兩樣？但願內心的創傷與皮肉的疼痛，能換取自由身，趕快離開這個沒有人性的地方，以免讓年邁的父母親擔憂。
阿順哥想著想著，閉上疲憊的雙眼，昏昏沉沉地睡了過去……。

4

翌日，阿順哥忍受著全身的痠痛與鼻腔的燥熱，斜靠在牆角的麥稈上。他再怎麼思、怎麼想，也想不到寫那幾個玩笑字竟會惹禍上身，甚至還遭受到非人性的待遇。因此，他想到後續的審問，自己必須格外小心，無論遭受任何的凌虐和羞辱都必須忍受。除了實話實說，語氣也要一致，不能反反覆覆，更不能被屈打成招，以免落入這些小人的圈套，屆時被羅織一大堆罪名，勢必難以脫身。尤其在這個戒嚴軍管的蕞爾小島，高官的一句話就是命令，可以判生也可以判死，手下那些情治人員更是囂張跋扈、傲慢強橫。一句無心話、幾個玩笑字，一旦被那些狗腿子線民告密，鐵定吃不了兜著走。先刑求逼供，再移送軍法審判，這是他們慣用的伎倆，有時甚至被扣上叛亂或為匪宣傳的大帽子而不自知，這是多麼恐怖可悲的時代啊！

伙伕端來一碗稀飯以及兩小塊蘿蔔乾，阿順哥已飢餓難忍，三兩下就把它吃得一乾二淨。原以為可以繼續坐在麥稈上喘口氣，想不到麻臉軍官夥同那位武裝士兵已走進房裡來。他閉上眼假裝沒看到，卻被武裝士兵狠狠地踹了一腳，「你他媽的裝死啊，還不快站起來！」阿順哥忍著全身的痠痛緩緩地站起。

麻臉軍官點燃了一支香煙，猛吸了兩口，復快速地把煙霧吐出，然後攤開卷宗，又一次地以他傲慢強橫的高姿態，重複審問昨天的問題。

「1／5是什麼暗號？人民公共客車是什麼意思？你們這個組織有多少同路人？我問的每一個問題，你他媽的都必須給我老老實實地講清楚，免得我動刑！」麻臉軍官警告著說。

「該講的我昨天都講過了。」阿順哥話剛說完，武裝士兵的皮帶隨即揮下。他雖然一閃，但還是準確地落在他的臀部。

「你不僅在車上做暗號，又寫反動文字為匪宣傳。」麻臉軍官用力地拍了一下桌子，憤怒地說：「證據確鑿，還不承認！」

「我純粹寫著好玩的。」阿順哥除了為自己辯解外，竟大膽而不客氣地說：「請你不要亂講！」

「還敢狡辯！」麻臉軍官怒叱著，「你這個反動份子，如果不快一點承認的話，看我如何收拾你！」說後向武裝士兵使了一個眼色。

武裝士兵快步地走出去，不一會，又夥同兩位拿著麻繩和靠背椅以及手搖電話機的士兵進來。麻臉軍官命令阿順哥坐下，兩位士兵隨即把他綑綁在靠背椅上，並把話機上一大截電線鋼絲纏繞在他的手臂，而後快速地搖動手把。霎時，強烈的電流已通過阿順哥的身體，只見他咬著牙關，軀體猛烈地顫動，痛苦地雙腳一蹬，企圖想擺脫被電擊時的苦楚。然而，即使人和椅子同時摔倒在地，但那位士兵仍然快速地搖動著手把，讓電流從他的軀體直入心脾。這種殘暴的逼供手法，比共產黨有過之而無不及。然而，他能怨天尤人嗎？不，是阿順哥不幸生錯了年代。

羈押禁見、嚴刑逼供，是情治人員對付老百姓的不二手段。尤其這座小島，早已被主政者列為戰地前線，他們時時刻刻做著反攻大陸的美夢，純樸的島嶼便順理成章地成為他們「反攻大陸、收復河山」的跳板。因此，實施戰地政務，宣佈戒嚴宵禁，以單行法限制島民種種自由，甚至為了一點雞毛蒜皮小事，被羅織的卻是一個難以承受的罪名。往往不是匪諜就是叛亂，不是通匪就是為匪宣傳，想抓就抓、想打就打、想刑求就刑求，把純樸善良的鄉親當成囚犯與次等公民來對待。這種不當的作為，豈是民主國家的常態？

經過連續幾天的酷刑審問，阿順哥已被折磨得不成人樣。儘管麻臉軍官試圖以嚴刑逼供，但始終得不到他們所要的口供，也無法從他身上找到任何為匪宣傳的證據，唯一的只有公共汽車上那幾個字。然而，欲加之罪何患無詞，阿順哥仍然被以「意圖為匪宣傳」的罪名，移送軍事法庭偵辦，並關在暗無天日的軍事看守所裡，接受軍事檢察官的調查和審訊。而在偵訊期間，無論他作任何的陳述和辯護，都無法取信於軍事檢察官。他們相信的仍舊是情治單位的片面之詞，認為「人民」兩字是共匪的慣用語，1／5絕對是通匪的暗號，「意圖為匪宣傳」之罪證確鑿，依「戰時陸海空軍懲治叛亂條例」提起公訴。

5

從羈押禁見、刑求逼供到起訴審判，阿順哥歷經百餘天心靈與肉體的雙重苦難。在不信公理喚不回的煎熬下，經過多次開庭審訊，軍事審判官終於以其豐富的專業知識與法律見解，不理會情治單位施予的壓力，做出一個讓人心服口服的無罪判決，起訴他的軍事檢察官亦良心發現未再上訴。於是全案終告定讞，並經國防部四十五年九月二十七日令核准在卷。其理由為：

一、按懲治叛亂條例第一項規定「叛亂罪犯適用本條例懲治之」是該條例所定各條之罪，須具有叛亂之意思為要件，又同條例第七條規定，「以文字、圖畫、演說為有利於叛徒之宣傳者」，所謂以文字則須以書寫之文字內容有為匪宣傳之意思為要件，是懲治叛亂條例第七條所定之罪，必須具備上開兩要件，方足構成本件。

二、被告黃大順被訴以文字為有利於叛徒之宣傳罪嫌一案，被告供稱：「我在公共汽車上，因想到這車子是老百姓坐的，所以無意中就寫了『人民公共客車』，而1／5是表示車子載人的數量」。又稱：「什麼組織我沒有聽老師教過，我不曉得更不知道暗號是什麼」。復又稱「我寫這字時有好多人都坐在車上」等各語。

三、綜上開供詞，被告於公共汽車上書寫「1／5」及「人民公共客車」等字樣，乃為好玩心之所使，尚近乎情。查被告年甫廿歲，僅讀過小學二年，按其所受教育程度，尚無閱讀書報之能力。即詰之被告所云，人民公共客車即是老百姓的汽車，反覆參證如出一轍，其餘均茫無所知。在放蕩無羈之心情下，信手寫來上述語句，乃為不爭之事實，似未便以此廖廖數字，即謂被告有為匪宣傳之意圖。

四、再查被告知識短淺，對共匪慣用之「人民」名詞是否真正明瞭，實應有研究之餘地。固然「人民」兩字為共匪慣用之名詞，但我政府亦無禁用「人民」兩字之明令。被告在公共場所書寫「人民公共客車」等字樣，雖易引起他人之猜疑與誤解，但遽以此而科以罪刑，不但有失政府愛民之本意，抑且於法亦無所依據。且揆諸恒情而論，被告果係為匪宣傳，在客觀上自必嚴守秘密以保身家，當不致在光天化日之下，眾目昭彰之處，當眾書寫是項文字令人注意自觸刑章之理。基此可證被告所謂「無意中寫著好玩的」一語堪以採信。況據本部政治部偵查報告表內載，未發現被告與其他人有不法言行，更可證明被告並無為匪工作之事證而與首開法條不合，應予諭知無罪，以昭平允。

然而，儘管軍事審判官還他清白，但受到戕害的人格與尊嚴則無法彌補，心靈上的創傷更難以撫平。即使傷痕已隨著無情的歲月從他的指隙間溜走，但當時遭受刑求逼供的情景卻歷歷在目，那道白色恐怖的陰影始將如影隨形地伴他過一生。誰該還他一個公道？誰該向他說一聲抱歉？答案依然在虛無縹緲間，這不僅是時代的悲劇，也是島民心中永遠的傷痛……。

尾聲

事隔多年後，實施近四十年的戰地政務終告終止，即使黃大順不願再提起那段塵封的傷心往事，但每當午夜夢迴，那道白色恐怖的陰影，依然在他腦中不停地繚繞，久久揮之不去。於是他心有不甘地檢附當年軍事法庭無罪判決書，依據「戒嚴時期人民受損權利回復條例」第六條規定「人民於戒嚴時期因犯內亂、外犯罪，於受無罪判決確定前曾受羈押或刑之執行者，得向所屬地方法院申請比照冤獄賠償法相關規定，請求國家賠償」之規定提出申請。可是，年輕的承審法官並不明瞭當年戰地政務體制下的生態環境，要他拿出「何時遭羈押」、「何時被釋放」的證據。試想，在彼時那個「想抓就抓」、「想打就打」、「想刑就刑」、「想放就放」的軍管威權時代，哪有什麼證明文件可留存下來當證物？因此在舉證困難的現實情境下，他的申請遭到駁回。即使不服向地方法院提起上訴，但其結果依然如故。

二〇〇一年八月二十三日，時任福建省政府委員的陳滄江先生，親自召開「揮別白色恐怖，還我尊嚴」記者會，試圖為爾時遭受「政治冤獄」的鄉親爭取權益。並以「悲情可以忘記，歷史的傷痕需要撫平」為訴求，呼籲政府能給予合理的補償。然而，那些昧著良心的審議委員，始終以「當年時局特殊」來搪塞，沒有得到應有的重視，遑論想得到補償。純樸善良的島民，在現實環境的使然下，依舊是不折不扣的次等公民。陳滄江先生雖然有心為鄉親爭取權益，但形勢比人強，始終得不到任何的結果，不僅他感到遺憾和難過，受難者及其家屬何嘗不是也如此，難道這就是金門人的宿命？

或許在一般人的觀感裡，當年是由民進黨執政，其主事者對爾時戰地政務體制下的情況並不瞭解，因此得不到他們的重視和支持。如今政黨已二度輪替，由被稱謂百年老店的國民黨重新執政，且大部分島民都是該黨的支持者，每逢選舉更是義無反顧地替其候選人搖旗吶喊，但為什麼從未見到國民黨籍的政治人物，站出來替那些受到「政治冤獄」、「匪諜冤獄」、「槍殺案件」的鄉親及其家屬說幾句公道話，或爭取一點補償以撫慰他們創傷的心靈……。

附註：

本文創作靈感源自陳滄江先生「揮別白色恐怖，還我尊嚴」記者會新聞稿。文中無罪判決之「理由」乙節，係摘錄自金門防衛司令部軍事法庭（45）潭判字第七〇號」判決書，惟黃大順非原名。

原載二〇一〇年九月廿八至三十日《金門日報・浯江副刊》

寫作記事

一九四六年　八月生於金門碧山。

一九六一年　六月讀完金門中學初中一年級因家貧輟學。

一九六三年　一月任金防部福利單位雇員，暇時在「明德圖書館」苦學自修。

一九六六年　三月首篇散文〈另外一個頭〉載於《正氣中華日報・正氣副刊》。

一九六八年　二月參加救國團舉辦「金門冬令文藝研習營」，講師計有：鄭愁予、黃春明、舒凡、張健、李錫奇，以及在金服役的詩人管管等，為期一週。除楊天平老師、洪篤標先生與作者係來自社會階層外，餘均為本地國、高中在學學生。現今活躍於金門文壇的作家與文史工作者例如：黃振良（曉暉）、黃長福（白翎）、林媽肴（林野）、李錫隆（古靈）……等，均為當年文藝營學員。

一九七二年

五月由金防部福利單位會計晉升經理，並在政五組兼辦防區福利業務（金防部所屬各師及海、空指部、防砲團之福利業務，以及直屬福利營站、電影院、文具供應站、特約茶室、文康中心等業務，均由其承辦）。六月由台北林白出版社出版文集《寄給異鄉的女孩》，八月再版。

一九七三年

二月長篇小說《螢》載於《正氣中華日報．正氣副刊》。五月由台北林白出版社出版發行。七月與友人創辦《金門文藝》季刊，擔任發行人兼社長，撰寫發刊詞，主編創刊號。九月行政院新聞局以局版臺誌字第〇〇四九號核發金門地區第一張雜誌登記證，時局長為錢復先生。

一九七四年　六月自金防部福利單位離職，輟筆，在金湖鎮新市里復興路經營「金門文藝季刊社」（販賣書報雜誌與文具紙張），後更改店名為「長春書店」。

一九七九年　一月《金門文藝》季刊革新一期，由旅台大專青年黃克全、顏國民等先生接辦，仍擔任發行人。

一九九五年　創作空白期（一九七四年～一九九五年），長達二十餘年。

一九九六年　七月復出，新詩〈走過天安門廣場〉載於《金門日報·

浯江副刊》，八月散文〈江水悠悠江水長〉載於《青年日報副刊》。九月短篇小說〈再見海南島．海南島再見〉脫稿，廿四日起至十月五日止載於《金門日報．浯江副刊》，該文刊出後，受到讀者諸多鼓勵，亦同時引起文壇矚目。

一九九七年　一月由台北大展出版社出版發行三書：《寄給異鄉的女孩》增訂三版，《螢》再版，《再見海南島．海南島再見》初版。三月長篇小說《失去的春天》脫稿，廿五日起至六月廿五日止載於《金門日報．浯江副刊》，七月由台北大展出版社出版發行。

一九九八年　一月中篇小說《秋蓮》上卷〈再會吧，安平〉脫稿，一月廿日起至二月十八日止載於《金門日報．浯江副刊》。五月下卷〈迢遙浯鄉路〉脫稿，廿四日起至六月十五日止載於《金門日報．浯江副刊》。八月由台北大展出版社出版發行三書：《秋蓮》中篇小說，《同賞窗外風和雨》散文集，《陳長慶作品評論集》艾翎編。

一九九九年

十月散文集《何日再見西湖水》由台北大展出版社出版發行。

二〇〇〇年

五月金門縣寫作協會「讀書會」假縣立文化中心舉辦《失去的春天》研討會，作者以〈燦爛五月天〉親自導讀。十月長篇小說《午夜吹笛人》脫稿，十八日起至十二月六日止載於《金門日報．浯江副刊》，十二月由台北大展出版社出版發行。

二〇〇一年

四月〈今年的春天哪會這呢寒〉——咱的故鄉咱的詩，載於《金門日報．浯江副刊》。十二月中篇小說《春花》脫稿，廿三日起至翌年元月廿二日止載於《金門日報．浯江副刊》。

二〇〇二年

三月中篇小說《春花》由台北大展出版社出版發行。四月中篇小說《冬嬌姨》脫稿，廿九日起至五月三十一止載於《金門日報．浯江副刊》，八月由台北大展出版社出版發行。十二月由國立高雄應用科技大學金門分部觀光系主辦，行政院文建會及金門縣政府協辦之「碧山的呼喚」系列活動，作者親自朗誦閩南語詩作：〈阮的家鄉是碧山〉為活動揭開序幕。散文集《木棉花落花又開》由台北大展出版社出版發行。

二〇〇三年

五月中篇小說《夏明珠》脫稿，一日起至六月十六日止載於《金門日報．浯江副刊》，十月由台北大展出版社出版發行。同月長篇小說《烽火兒女情》脫稿，廿六日起至翌年元月九日止載於《金門日報．浯江副刊》。十一月長篇小說《失去的春天》由金門縣政府列入《金門文學叢刊》第一輯，並由台北聯經出版公司與金門縣文化局聯合出版發行。十二月〈咱的故鄉 咱的詩〉七帖，由金門縣文化中心編入《金門新詩選集》出版發行。其詩誠如國立台灣藝術大學副教授詩人張國治所言：「他植根於對時局的感受，對家鄉政治環境的變遷，世風流俗的易變，人心不古，戰火悲傷命運的淡化等子題關注，…選擇這種分行，類對句…、俗諺，類老者口述，叮嚀，類台語老歌，類台語詩的文類…鋪陳一股濃濃的鄉土情懷。」

二〇〇四年

三月長篇小說《烽火兒女情》由台北大展出版社出版發行。七月《金門文藝》由金門縣文化局復刊，並由原先之季刊改為雙月刊，發行人由局長李錫隆先生擔任，總編輯為陳延宗先生。八月長篇小說《日落馬山》脫稿，九月五日起至十二月廿六日止載於《金門日報・浯江副刊》。

二〇〇五年

元月〈歷史不容扭曲，史實不容誤導——走過烽火歲月的金門特約茶室〉脫稿，廿三日起載於《金門日報．浯江副刊》。二月長篇小說《日落馬山》由台北大展出版社出版發行。三月散文集《時光已走遠》由金門縣文化局贊助，台北大展出版社出版發行。四月短篇小說〈將軍與蓬萊米〉脫稿，廿七日起至五月八日載於《金門日報．浯江副刊》。七月中篇小說〈老毛〉脫稿，十日起至八月十二日止載於《金門日報．浯江副刊》。八月《走過烽火歲月的金門特約茶室》獲行政院文建會、福建省政府、金酒實業（股）公司贊助，十一月由台北大展出版社出版發行。金門縣鄉土文化建設促進會於同月二十六日為作者舉辦新書發表會。二十九日《聯合報》以半版之篇幅詳加報導，撰文者為資深記者李木隆先生。

二〇〇六年

一月〈關於軍中樂園〉載於《中國時報．人間副刊》。

三月五日當選金門縣采風文化發展協會第三屆理事長。

長篇小說《小美人》脫稿，廿日起至七月廿七日止載於《金門日報．浯江副刊》。六月《陳長慶作品集》（一九九六～二〇〇五）全套十冊（散文卷二冊，小說卷七冊，別卷一冊）由台北秀威資訊科技公司出版發行。八月長篇小說《小美人》亦由台北秀威資訊科技公司出版發行。十一月長篇小說《李家秀秀》脫稿，十二月一日起至翌年四月五日止載於《金門日報．浯江副刊》。同月《金門特約茶室》由金門縣文化局出版發行。該書出版後，除「東森」、「三立」、「中天」、「名城」……等多家電子媒體，針對「金門軍中特約茶室」之議題，專訪作者詳予報導外，亦有部分平面媒體深入報導。計有：二〇〇七年一月十八日，《金門日報》記者陳麗妤專訪報導（刊於地方新聞版）。一月二十日，廈門《海峽導報》記者林連金報導（刊於金門新聞版）。二月十一日，台北《蘋果日報》記者洪哲政報導（刊於A2要聞版）。三月十二日，台北《第一手報導雜誌社》記者蕭銘國專題報導（刊於527期社會新聞

56～58頁）。

二〇〇七年

六月長篇小說《李家秀秀》由台北秀威資訊科技公司出版發行。《金門特約茶室》再版二刷。八月散文〈風雨飄搖寄詩人〉載於《金門日報．浯江副刊》。十月長篇小說《歹命人生》脫稿，廿一日起至翌年三月廿日止載於《金門日報．浯江副刊》。同年並相繼完成：〈風格與品味——試論林怡種的《天公疼戇人》〉、〈永不矯揉造作的筆耕者——試論寒玉的《女人話題》〉、〈省悟與感恩——試論陳順德《永恆的生命》〉等三篇評論，均分別刊載於《金門日報．浯江副刊》。

二〇〇八年

六月長篇小說《歹命人生》由台北秀威資訊科技公司出版發行。八月長篇小說《西天殘霞》脫稿，九月一日起至翌年元月廿九日止載於《金門日報．浯江副刊》。並相繼完成：〈藝術心．文學情——試論洪明燦《藝海騰波》〉、〈走過青澀的時光歲月——試論寒玉《輾過歲月的痕跡》〉、〈以自然為師——試論洪明標《金門寫生行旅》〉、〈本是同根生 花果兩相似——張再勇《金廈風姿》跋〉等四篇評論，均分別刊載於《金門日報・浯江副刊》。張再勇先生的《金廈風姿》，更成為二〇〇八年「第三屆世界金門日翔安大會」指定贈送與會貴賓的書刊之一。十二月短篇小說〈將軍與蓬萊米〉由金門縣文化局收錄於《酒香古意——金門縣作家選集・小說卷》。

二〇〇九年

二月評論〈攀越文學的另一座高峰——試論寒玉《島嶼記事》〉，三月散文〈太湖春色〉，四月評論〈為東門歷史作見證——試論王振漢《東門傳奇》〉均分別載於《金門日報・浯江副刊》。長篇小說《西天殘霞》由台北秀威資訊科技公司出版發行。評論《攀越文學的另一座高峰》由金門縣文化局贊助出版。五月經榮總血液腫瘤科醫師證實罹患「慢性淋巴性白血病」（血癌）。六月以散文〈當生命中的紅燈亮起〉載於《金門日報·浯江副刊》敘述罹病之過程，並以「聽天由命」之坦然心胸接受追蹤檢查與治療。評論《攀越文學的另一座高峰》由金門縣文化局贊助出版。散文〈榕蔭集翠〉載於《金門日報·浯江副刊》。七月評論〈默默耕耘的園丁——試論林怡種《金門奇人軼事》〉載於《金門日報·浯江副刊》。八月《金門特約茶室》由金門縣文化局推薦，榮獲國史館台灣文獻獎。評論〈後山歷史的詮釋者——試論陳怡情《碧山史述》〉載於《金門日報·浯江副刊》，金門宗族文化研究協會《金門宗族文化》於同年冬季號（第六期）轉載。九月起專心整理友人所寫序跋與書評，並以《頹廢中的堅持》為書名。十月「咱的故鄉 咱的詩」——〈阮的家鄉是碧山〉、〈故鄉的黃昏〉、〈寫予阮俺娘的一首詩〉、〈咱主席〉、〈今年的春天哪會這呢寒〉由金門縣文化局收錄於《仙州酒引——金門縣作家選集·新詩卷》。十一月《頹廢中的堅持》整理完竣，並以〈後事〉乙文代序。十二月〈金門文藝的前世今生〉載於《金門日報·浯江副刊》，《金門文藝》雙月刊（金門縣文化局出版）於第三十四期（二〇一〇年元月）至第三十九期（二〇一〇年十一月）分六期轉載，為該雜誌留下完整的歷史記錄。

二〇一〇年

元月評論〈大時代兒女的悲歌——試論康玉德《霧罩金門》〉載於《金門日報·浯江副刊》，福建省漳州師範學院閩台文化研究所《閩台文化交流》（季刊）於同年第二季（二十二期）轉載。四月評論〈誠樸素淨的女性臉譜——試論陳榮昌《金門金女人》〉載於《金門日報·浯江副刊》。五月《頹廢中的堅持》由台北秀威資訊科技公司出版發行，評論〈源自心靈深處的樂章——試論一梅《一曲鄉音情未了》〉載於《金門日報·浯江副刊》。七月評論〈尋找生命原鄉的記憶——試論寒玉

《浯島組曲》〉及散文〈神經老羅〉均分別載於《金門日報・浯江副刊》。九月短篇小說〈人民公共客車〉載於《金門日報・浯江副刊》。十月《時報周刊》資深編輯楊肅民先生、採訪編輯張孝義先生以〈解放官兵四十年八三一重現金門〉為題專訪作者，並針對《金門特約茶室》乙書詳加報導，圖文刊於一七〇二期（二〇一〇年十月一日～十月七日）出版之《時報周刊》第四十一至四十五頁。評論〈對歲月的緬懷，對故土的敬重——試讀李錫隆《新聞編採歲月》〉載於《金門日報・浯江副刊》，金門文化局《金門季刊》第一〇六期摘錄轉載（二〇一一年九月）。十一月以〈一位重大傷病者的心聲〉投書《金門日報・言論廣場》，針對署立金門醫院醫師服務態度及藐視病患之權益提出批評，《金門日報》並以「社論」〈提升醫療品質 當以病人為中心〉——從陳長慶先生的投書談起，加以呼應。評論〈從歷史脈絡，尋浯島風華——試論黃振良《浯洲場與金門開拓》〉載於《金門日報．浯江副刊》。十二月散文〈風暴之後〉載於《金門日報．浯江副刊》。

二〇一一年

元月受《金門文藝》總編輯陳延宗先生之邀，撰寫【信件對談式】散文，並以〈冬陽暖暖寄詩人〉與楊忠彬先生對談。四月中篇小說〈花螺〉脫稿，十八日起至五月二十一日止載於《金門日報．浯江副刊》並針對「金門縣政留言版」二則評論，以〈花螺本無過，何故惹塵埃〉加以反駁。六月評論〈遊子心 故鄉情——試讀陳慶元教授《東吳手記》〉載於《金門日報．浯江副刊》，《金門宗族文化》一〇〇年冬季（第八期）轉載，福建省漳州師範學院閩台文化研究所《閩台文化交流》（季刊）於同年第三季（二十七期）轉載，金門縣文化局《金門季刊》第一〇七期轉載（二〇一一年十一月）。散文〈重臨翠谷〉載於《金門日報．浯江副刊》，並同時進行長篇小說《了尾仔囝》之書寫。七月經榮總血液腫瘤科醫師追蹤檢查結果，白血球已由初診時的三萬八千，上升到目前的六萬一千，惟情緒並無受到太大的影響，仍然依照原計畫，繼續撰寫《了尾仔囝》。九月長篇小說《了尾仔囝》脫稿。十一月十八日起載於《金門日報．浯江副刊》。十二月金門文化局編列《金門文藝》新年度一百萬元印刷經費，遭金門縣議會全數刪除，《金門文藝》在復刊出版四十五期後，又遭受停刊的命運。散文〈寫給來不及長大的外孫〉載於《金門日報．浯江副刊》，並決定出版中篇小說《花螺》。

二〇一二年

三月長篇小說《了尾仔囝》連載完結，並進行另一部長篇小說《槌哥》的書寫。四月長篇小說《了尾仔囝》由台北秀威資訊科技公司出版發行，評論〈不向文壇交白卷——《金門文藝》的前世今生及其他〉獲金門縣文化局贊助出版。五月長篇小說《槌哥》脫稿，六月十三日起載於《金門日報．浯江副刊》，九月十六日連載完結，並獲金門酒廠實業股份有限公司贊助出版。中篇小說《花螺》由台北秀威資訊科技公司出版發行。九月接受《中國時報》資深記者李金生先生專訪，訪問議題為「走過烽火歲月的金門特約茶室」，該報於同月九日在「都會新聞版」以全版之篇幅詳加報導；十七日又引述作者所著《金門特約茶室》書中資料加強報導，為特約茶室這段歷史，做最完整之詮釋。十月決定將〈再見海南島 海南島再見〉、〈將軍與蓬萊米〉、〈老毛〉與〈人民公共客車〉等四篇小說重新整理歸類，並以《將軍與蓬萊米》為書名出版。十一月長篇小說《槌哥》由台北秀威資訊科技公司出版發行。

釀文學19　PG0897

將軍與蓬萊米
——陳長慶小說集

作　　者　　陳長慶
責任編輯　　蔡曉雯
圖文排版　　彭君如
封面設計　　秦禎翊

出版策劃　　釀出版
製作發行　　秀威資訊科技股份有限公司
114 台北市內湖區瑞光路76巷65號1樓
電話：+886-2-2796-3638　傳真：+886-2-2796-1377
服務信箱：service@showwe.com.tw
http://www.showwe.com.tw
郵政劃撥　　19563868　戶名：秀威資訊科技股份有限公司
展售門市　　國家書店【松江門市】
104 台北市中山區松江路209號1樓
電話：+886-2-2518-0207　傳真：+886-2-2518-0778
網路訂購　　秀威網路書店：http://www.bodbooks.com.tw
國家網路書店：http://www.govbooks.com.tw
法律顧問　　毛國樑　律師
總 經 銷　　聯合發行股份有限公司
231新北市新店區寶橋路235巷6弄6號4F
電話：+886-2-2917-8022　傳真：+886-2-2915-6275

出版日期　　2013年4月　BOD一版
定　　價　　320元

Printed in Taiwan

國家圖書館出版品預行編目

將軍與蓬萊米：陳長慶小說集 / 陳長慶著. -- 一版. -- 臺北市：釀出版, 2013.04
面； 公分. --（釀小說；PG0897）
BOD版
ISBN 978-986-5871-23-9（平裝）

857.63 102002470

讀者回函卡

感謝您購買本書，為提升服務品質，請填妥以下資料，將讀者回函卡直接寄回或傳真本公司，收到您的寶貴意見後，我們會收藏記錄及檢討，謝謝！
如您需要了解本公司最新出版書目、購書優惠或企劃活動，歡迎您上網查詢或下載相關資料：http:// www.showwe.com.tw

您購買的書名：________________________________

出生日期：________年________月________日

學歷：□高中（含）以下　□大專　□研究所（含）以上

職業：□製造業　□金融業　□資訊業　□軍警　□傳播業　□自由業
　　　□服務業　□公務員　□教職　□學生　□家管　□其它_____

購書地點：□網路書店　□實體書店　□書展　□郵購　□贈閱　□其他

您從何得知本書的消息？
□網路書店　□實體書店　□網路搜尋　□電子報　□書訊　□雜誌
□傳播媒體　□親友推薦　□網站推薦　□部落格　□其他__________

您對本書的評價：（請填代號　1.非常滿意　2.滿意　3.尚可　4.再改進）
封面設計____　版面編排____　內容____　文／譯筆____　價格____

讀完書後您覺得：
□很有收穫　□有收穫　□收穫不多　□沒收穫

對我們的建議：________________________________

____

____

____

請貼
郵票

11466
台北市內湖區瑞光路 76 巷 65 號 1 樓

秀威資訊科技股份有限公司 收

BOD 數位出版事業部

（請沿線對折寄回，謝謝！）

姓　　名：＿＿＿＿＿＿＿＿　年齡：＿＿＿＿　性別：□女　□男

郵遞區號：□□□□□

地　　址：＿＿＿＿＿＿＿＿＿＿＿＿＿＿＿＿

聯絡電話：（日）＿＿＿＿＿＿＿＿（夜）＿＿＿＿＿＿＿＿

E-mail：＿＿＿＿＿＿＿＿＿＿＿＿＿＿＿＿